LOCUS

LOCUS

LOCUS

LOCUS

to

fiction

to 55

遮住眼睛的貓

Proluky

作者：赫拉巴爾（Bohumil Hrabal）

譯者：劉星燦、勞白

責任編輯：莊琬華

校對：莊祐禎

法律顧問：全理法律事務所董安丹律師

出版者：大塊文化出版股份有限公司

台北市105南京東路四段25號11樓

www.locuspublishing.com

讀者服務專線：**0800-006689**

TEL：(02) 87123898　FAX：(02) 87123897

郵撥帳號：18955675　　戶名：大塊文化出版股份有限公司

總經銷：大和書報圖書股份有限公司

地址：台北縣五股工業區五工五路2號

TEL：(02) 89902588　　FAX：(02) 22901628

排版：天翼電腦排版印刷有限公司　　製版：源耕印刷事業有限公司

初版一刷：2008 年 2 月

初版 2 刷：2020年 11月

定價：新台幣220 元

Printed in Taiwan

Proluky

遮住眼睛的貓

Bohumil Hrabal 著
劉星燦、勞白 譯

目次

1

我丈夫的處女作左等右等總等不來，總等不來。他已經連啤酒都不喝了，只是在黑夜裡叫喊著，要從窗子裡跳下去，要臥軌讓火車軋死算了。到第二天我有了空，便穿上我的節日盛裝、紅高跟鞋，拿上雨傘，到出版社去了。當我站到社長面前，就立刻告訴他我是誰，並用雨傘指著利本尼，指著堤壩巷24號那個方向對他說：「您瞧！我的寶兒爺①就躺在那兒某個地方，他已經連酒也不喝了，他已經連鑽到火車下面去自殺的力氣都沒有了，就因爲有關他大作的消息左等右等也等不來，總也等不來。您只管到那裡去看看，你們把我的丈夫折磨成什麼樣子啦！」我站在那裡，眼睛周圍畫著濃濃的眼影，

①「寶兒爺」是女主人公對她丈夫的暱稱。

擺出一副舞蹈演員的姿勢，我那雙紅高跟鞋閃閃發光。社長本人被我嚇了一大跳。他抓起電話，只聽見他對著話筒接連說了好幾聲「是……是……是」，然後放下電話說：「回信已經寄出去了。」我說：「寄出去了，可是等它寄到之前我的寶兒爺就會死去的！我還是自己去跑一趟吧！……喂，《底層的珍珠》在哪兒？」社長又對我說：「我理解你們的心情。在我的第一本詩集出版之前，我也等不及，我也曾經想去臥軌，也考慮到後事。」他又拿起電話。過了一會，一位員工送來那本出版社存底，本不該拿出來的樣書，於是我便拿著它走出了出版社。我大步走過民族大街，請糖果店售貨員幫我用一張細軟如絲的白紙，將這本《底層的珍珠》包好，繫上一根緞帶，猶如一件禮物……我驕傲地走過瓦茨拉夫大街，一手拿著雨傘，另一隻手拿著用紅絲帶捆著的《底層的珍珠》。我跨著大步，憧憬著這本書正式出版後的美好情景：我的寶兒爺將與我並肩漫步走過這裡，書店櫥窗裡將陳列著《底層的珍珠》。我們將把朋友們請到家裡來歡慶一番，將噴灑香檳酒，像我丈夫中了頭彩那樣。我突然心血來潮，走到焦街廢紙回收站，我丈夫曾在那裡的微弱燈光下打過四年的廢紙包。我邁進回收站的辦公室，領班正好在那裡，是他攆走了我的丈夫。那個安全代表也在那裡，是他指責我丈夫無故缺勤，其實我丈夫是因爲獲得作協文學基金會的補助，工作量得以減半。我解開紅絲帶，然後將這藍色封皮的書，特別是那印在上面的我丈夫的名字指給大家看。我說：「你們都親眼看見了，我丈夫是位作家，絕不像你們在這裡肆意糟蹋他的那樣。」說完我又重新將《底層的珍珠》包好，繫上紅絲帶，拿著雨傘走出來。到了院子裡，我還回過頭來，對著他們的窗戶舉起那本包裝好的書，我看到他們坐在那裡發愣，因爲他們根本沒有想到……

我們在堤壩巷24號住宅的窗子大敞著。貝比切克像動物園鳥棚裡一隻大禿鳥似的坐在門前台階上抽煙，他戴著一副大如優格杯的眼鏡。我丈夫從垂危中起了床，如今正在洗餐具。我走進屋裡，將綁著紅絲帶的小包隨隨便便放在兩只玻璃杯和一只開了蓋的酒瓶之間。「你猜，這是什麼？」我說。可是我丈夫還繼續洗他的碗碟，然後說：「我知道。不過，能抑制激動者眞君子也，而且我和貝比切克已經商量好了，等你一去維也納看望你哥哥，我們倆不僅要重新把我們的房子刷白，而且要把我們的門、窗、椅子統統刷白，讓我們這裡變的更明亮，讓我的黑色幽默變成白色幽默。」這時小個兒貝比切克走了進來，他那兩個嵌在眼鏡框裡的「優格杯」閃閃發亮，折射著我們這間暗黑的房子。貝比切克說：「博士，再來一瓶！」說著把一只像他眼鏡一樣閃亮的瓶子放在桌上。

一刻鐘後，我乘的那趟去維也納的快車就要開車了，我站在月台上。我丈夫提著買東西的提袋朝我跑來時，我覺得他又喝醉了，可是他是因爲那本書而喝醉的。他幫我上了車，大聲嚷嚷道：「我們成功啦！印量兩萬冊！現在他們得拆開所有的包，七個編輯在那裡翻書頁，因爲裡面有個錯字。你知道嗎？書上把『馬可斯』這個名字錯印成了『馬爾可斯』。沒有其他問題，只是多了一個『爾』字。現在七個女孩得翻到這一頁，兩萬冊就是兩萬頁！先用鋼筆劃掉這個『爾』字，然後再每包二十冊地把它們重新包好！……」我這位寶兒爺一直在月台上這麼喊著，弄得我都臉紅了。「別喊啦！我求求你！」乘務員已經吹了哨子，我丈夫也開始離去。我看著他，旅客們也驚訝地瞪大眼睛……滿滿一提袋一百克朗一張的鈔票……乘務員又吹了一聲哨子，我丈夫笨手笨腳地走在月台上，還晃動了一下那提袋，彷彿他提回家去的是一袋菠菜……火車開動了，我丈夫追著我的窗口跑著對我說：「瞧，他們預付給我一部分稿酬，一萬克朗——我和貝比切克準備刷牆——」然後站在那兒，轉動著那提袋，那些綠色的百克朗鈔票眞的有些像菠菜哩！等我坐下來，坐在我對面的那位太太說：「您先生可眞是一個快活的人啊！您跟他在一起一定很幸福，是吧？」

快車慢慢駛進弗朗斯·約瑟夫站，我已站到車廂通道上。我哥哥卡雷爾已經在月台上等候了。「卡雷爾！」我提著箱子下車時，卡雷爾朝我飛奔過來。我們緊緊擁抱。我擦了一下臉上的淚水。對，他是卡雷爾，我也的確是我。過了多少年我們終於又見面了！

我又擦擦淚水。是，這是卡雷爾！他還是那麼衣冠楚楚，穿著最好的衣服和最棒的鞋子，乾淨的襯衫和隨隨便便打個領帶。可是他頭髮變稀疏了，不過仍舊是栗色的，稍微有點捲，灑了點花露水。他在下巴的傷痕上撲了點粉，這是在東方戰場上被手榴彈片劃傷的……然後我們將箱子放到小轎車裡，卡雷爾的轎車也擦得跟他的皮鞋一樣閃亮，就跟卡雷爾整個人一樣。我跟這位自大戰後沒有見過面的哥哥以前壓根就不可能見面，因爲我爸爸在這些年月裡不希望卡雷爾交捷克朋友、跟捷克姑娘談戀愛和參加布拉格的捷克划船俱樂部活動，因爲我爸爸想讓卡雷爾照看我們的三夾板與單板工廠。可是卡雷爾在布拉格時就是愛跟姑娘們和朋友們去跳舞。如今他開車帶著我有意只沿著維也納的卡恩特諾大街和馬利亞希爾弗大街行駛。這些寬闊的街道、漂亮的店鋪和各式各樣的人群看得我眼花繚亂。一會兒我們便排進了汽車長龍裡。我覺得維也納好像比我以前看到的更大更漂亮了。那一次我在布舍茲拉夫和姑娘們一塊翹課坐快車到過維也納……可這還是在大戰之前……我們在維也納近郊的拉道恩下了車，我嫂子來迎接了我。我立即看出，這位掌握著我哥哥、裡裡外外甚至一切都做主的嫂子是個很可親的女人，典型的維也納型婦女，長得像根小柱子。她總是面帶微笑，但這不是因爲見到我而感到高興的那種微笑。直到後來，我說我在這裡只打算待十三天，然後便回家去，現在我的家在布拉格時，她才終於平靜下來。我看到她心上的石頭落了地，幸福地微笑了，因爲我並不打算在奧地利長住。卡雷爾這時脫下皮鞋，將鞋楦頭塞在裡面，用塊法蘭絨布把它擦得光亮。他穿上拖鞋，我也換了鞋。我坐在一間男士房間裡，房門對著廚房敞開著。廚房白白淨淨，像牙醫診所。我嫂子穿上白圍裙，開始做晚飯。她坐在一把用鍍鉻的板條作裝飾的白色轉椅上，打開那小白櫃上的白色琺瑯小門，裡面擺著各色各樣的調味品。她切的胡蘿蔔紅得耀眼，香芹菜綠得可愛。然後她拿來幾塊生煎肉排，配上幾塊胡蘿蔔片……卡雷爾則在悄聲問我，布拉格是否還像他年輕時在那裡念大學，代表高校俱樂部比賽網球和籃球時那樣漂亮？那家「心肝舞廳」和「黑色舞廳」是不是經常舉行舞會？約利什在幹什麼？「伏爾塔瓦舞廳」是不是還存在？最重要的是還舉不舉行全市八槳划船比賽？當我告訴他說我在「宮殿旅館」的高級餐廳裡當服務員時，他高興極了，又問宮殿旅館二樓的飯菜是不是還是那麼好吃？……於是我就住在拉道恩，我哥哥卡雷爾家裡了。每天我都到他公司去等他。到下午五點半鐘我還看見他穿著白袍在這個維也納木材公司的院子裡來來去去跑上好幾趟。爸爸已經去世了，幸好他已不在，免得看見這個本來可以擁有爸爸的公司的卡雷爾，卻偏偏愛跟漂亮小姐和朋友們在布拉格四處遊逛，而不關心爸爸的公司。也許卡雷爾事先早已知道會有什麼樣的結局..到後來爸爸全部的財產喪失一空，因爲他沒想到德國人會打輸這一仗。我記得卡雷爾帶著我到薩爾茲堡時，他將那裡的一座漂亮別墅指給我看，當時爸爸本來有錢將它買下來，可是他既然在霍多寧有一幢更漂亮的別墅，又何必在一九三四年買下這一座呢？主要是爸爸沒想到會是這樣的下場，不只是他一個人沒有想到，而是整個家族，甚至莉莎和烏利叔叔都沒有想到……我跟著卡雷爾每天換一個地方去娛樂：有一次我們去薩赫爾大飯店，後來又去達萊恩吃小雞，然後又來到德蒙咖啡館，那裡的售貨小姐說話特別客氣。出於好奇我還跟卡雷爾去過「夏威夷女郎咖啡館」，後來又去了格林辛酒家、克洛斯特納堡飯店。或者我們一道漫步在卡恩特諾大街和卡拉本大街上。我完全被維也納、被這些商店和維也納式的德語迷住了。我曾多少次略帶傷感地希望：我要是能重新開始我戰後的生活，我一定哪兒也不去，就住在維也納。在這裡就跟在家裡一樣，這裡所有的人都跟我在一九四五年前在一起生活過的人一樣，因爲我媽媽是奧地利人，一個林務區長官的女兒。我越是喜歡維也納，我嫂子就越堅持說，維也納是不錯，但在維也納就得一直工作、工作、工作，說她在鞋廠每天得做到下午六點。卡雷爾對我說：「我在這裡是個外人，維也納沒有接受我。我在維也納的生活只是上班下班，然後看看電視，準時睡覺，以便早上能按時起床去上班，拚命地做呀、做呀，一直到五點半。我在這裡完全是個外人，只有在休假的時候才能想到哪兒就去哪兒。在休假期間我想去哪個海裡游泳就去哪個海。耶誕節期間我可以去滑一星期雪，隨便去哪兒。可是在這座城市裡，我卻是個外人，蘇台德人，儘管我最美好的年華曾經是在布拉格跟捷克朋友和捷克小姐們在一起度過的。在希特勒來到之前，我一直把布拉格當做我的家。我記得，希特勒乘車經過維也納時，我媽媽還坐車到那裡去看見過他。她幸福得哭了，連莉莎和去年去世的碧辛卡姑姑也是這樣，可是我卻馬上意識到，我跟我布拉格的姑娘們和所有布拉格的朋友們的緣分算結束了，因爲我們曾經住在蘇台德，是德國人，我就得上前線……」卡雷爾曾經多少次跟我講述這些經歷，而且不時用塊小手帕捂著他的下巴……

我回布拉格不像來維也納時那麼找不著目標了。在弗朗斯·約瑟夫車站上，我淚眼汪汪地站在一個小窗口旁邊。卡雷爾幫我買了一件新套裝和滿滿一箱子衣服與小禮品。現在他站在月台上看著我，衝著我微笑，像斷了線的木偶國王那樣站在那裡。嫂子跟她平日一樣，總是穿著套裝。她拉著我的手，笑瞇瞇的。她正是卡雷爾所需要的那種女人，一點兒感情也沒有，什麼事也不會使她感到震驚。她瞭解自己的風格，她非常了解卡雷爾少了她就不行，而且會崩潰。哨聲一響，快車緩緩開動，卡雷爾哭了。他用手帕擦著眼睛，也輕輕地擦了一下下巴。我嫂子微笑著，很明顯地，我回布拉格去，她很高興，接待我在這兒住了十三天之後，終於能休息一下。我還看到，卡雷爾彎下身來，用手帕輕輕拭去褲管上和閃亮的鞋尖上的灰塵……

我丈夫在布拉格的車站上等著我，嘴邊布滿皺紋，也沒有親我一下。我沒靠著他走，因爲他有一股啤酒味。他心虛地衝著我微笑，提著我的箱子。因爲找不到出租汽車，我們只好乘電車。我望著窗外，看到布拉格的確亂七八糟，到處扔著廢紙；我主要看到了差不多一半街道是管式結構；我看見在進到布拉格市中心之前的市郊區，一群群大篷車式的臨時住宅，用木條、厚木板、橫樑圍成的柵欄。我奇怪自己以前怎麼沒注意到這些。我看到，布拉格的市中心跟維也納很相似，只是那郊區……我把我丈夫和我在街上看到的情景攪混到一塊了。我不禁得出一個結論：我丈夫的內心也是這副模樣，連他自己也是這麼認爲。他穿衣服就像這些布拉格街道和廣場一樣……當我們下了電車，當我轉到我們這條小巷，我不禁搖晃了一下，直到現在我才注意到，所有這些樓房和小平房都快要倒塌，牆面剝落，每兩棟樓中就有一棟樓的滴水管已被拔掉，街上滿是垃圾。隨著通道上一股寒氣襲來，院子裡吹來一股冷風。貝朗諾娃太太又在開水龍頭，一桶接一桶地在澆水，澆她窗子底下那塊地，用稻稈掃把將水掃進下水道。她歡迎我說：「您不用告訴我您去哪兒了。您知道，我在漢堡住了二十年！」我沿著台階往上走，我已經看見了！在那些從屋頂垂下來的爬山虎枝杈和藤條後面閃現著兩扇白門和白窗戶……我對丈夫報以微笑，等我走進我們家，昏暗中那刷白的椅子、桌子，用石灰粉刷過的牆以及鏡子裡照出來的一切都在閃閃發光。經鏡子一照，什麼都多了一倍，於是我們家就像擺滿了桌子椅子……桌上還一直擺著那個光芒四射、用紅絲帶捆著的小包，那本包著的樣書，跟我剛從出版社拿回來的時候一模一樣。我丈夫將臉湊到我面前，我吻了他一下……我問：「有什麼新聞？」我丈夫說：「《珍珠》②昨天正式出版上市，當天就被搶購一空……」

由於刷油漆，由於跟我丈夫沒完沒了地喝啤酒，貝比切克，這位常年蹲在利本尼、蹲在萬尼什達先生和我丈夫這兒的椅子上的貝比切克他死啦！人們在他死後一星期才在斯洛萬卡——他的住宅裡找到他。他孤苦伶仃一個人，他的親戚什麼的還都在加拿大某個地方。酒店老闆萬尼什達先生在人民委員會宣布，出殯的一切費用由他來承擔……於是我們去到火葬場那個小小的殯儀館。萬尼什達先生隨身帶來一把吉他。那裡擺著一副棺材，豎著一塊牌子，上面寫著棺材裡躺著約瑟夫③．斯瓦特克。我丈夫的臉刷地一下白了，他對我說：「今天是我的命名日，我從來不知道，貝比切克的姓叫斯瓦特克④

②指作者的處女作《底層的珍珠》。
③約瑟夫的暱稱爲貝比切克。
④斯瓦特克的意譯爲「節日」或「命名日」。

……」隨後出來一個人，只是重複了一遍訃告上的話。後來我將唯一一朵花放在棺材旁邊，萬尼什達先生拿著他的吉他來到棺材前面，對著貝比切克・斯瓦特克鞠了一躬，在彈奏幾個和絃之後便開始唱起那首貝比切克・斯瓦特克最喜歡的歌：「住宅區的小姑娘，你的笑臉多漂亮……」他唱得如此深情，彷彿他雇的那位名叫本耶明諾・基克里的人在他的酒店唱那「啊，我唯一的……」一樣。正當他在高唱「住宅區的小姑娘，你的笑臉多漂亮」的時候，從徐徐拉開的黑絲絨帷幕中走出幾個工作人員，他們默默地聽著萬尼什達先生富有感情的歌唱……棺材緩緩移到一堵大牆的後面……

當我丈夫用計程車將作者該得的樣書和自己加買的書運回家時，我們眞是高興極了。他一共加買了六十本，馬上打開包，又一本一本像擺小瓷磚一樣地擺開。這我都看見了，我簡直不敢相信自己的眼睛，我的寶兒爺原來是個這麼孩子氣的人。然後他在這些書上簽了名……他還逼著我將其中的一本抱在懷裡，當做我的新生嬰兒來呵護，他說大家通常都這麼做，像維傑斯拉夫・涅茲瓦爾⑤將他的孩子⑥交給他的情人去抱著以表

---

⑤維傑斯拉夫・涅茲瓦爾（Vitěslav Nezval, 1900–1958），捷克著名詩人。

⑥指詩集。

示他的一番心意。因爲，就像我的寶兒爺所說，對於作家來說，他的書才是他眞正的孩子，他不只是這些書的爸爸，也是他們的媽媽。甚至比親生母親還要親，因爲這樣的作家，我丈夫指著自己說，在他的肚子裡，然後在他的腦子裡，得把這孩子懷上九個多月才能生下來。他像做母親一樣感覺到孩子在他肚子裡怎樣一天天成長、翻身、踢腳；他跟做母親的一樣擔心，不知這孩子會不會是個傻瓜，他在世界上能不能站住腳……我丈夫就這麼叨叨唸著，滿地板都攤著他的書。我瞪大了眼睛，說：「眞的？這不可能！……誰聽說有像你這樣的？你的腦袋不疼吧？……要是有個三長兩短，我該把你往哪兒送？是去貝什科維采，還是去波赫尼采⑦？」

---

⑦布拉格兩處有著專科醫院的地區名。

2

就這樣發生了第一件不幸事件……我的寶兒爺坐在民族大街的書店⑧裡接見讀者並簽名。我丈夫訂做了一套漂亮衣服，還戴了條領帶。他的讀者都擠在桌子旁邊。我丈夫旁邊坐了一位年輕的姑娘，大概是書店的售貨員。她將讀者遞來的書放在我丈夫的鋼筆下面。我丈夫抬起眼睛、直望著讀者，問他們該在上面寫些什麼，然後再在上面簽個名。他激動不已，不是高不高興的問題，而是被讀者們對他的敬意感動得心都變軟，甚至左眼都有些斜視了。他坐在那裡，的確有點像尼科爾斯堡那位猶太牧師的兒子。我當時站在那兒的一個角落裡，隔著一本詩集看到我丈夫，我像一個偵探一樣藏在這本詩集後面

---

⑧原捷克斯洛伐克作家出版社門市部。

看著。我看見我的寶兒爺在出洋相，他的洋相出在這時他很相信自己，相信那裡那些讀者。他正是爲了他們而寫這本《底層的珍珠》啊！我回家仔細一看，他的《珍珠》怎麼能比得上史克沃列茨基⑨的《懦夫》和《尼龍年代》呢？即使用《底層的珍珠》中的全部短篇來換契訶夫先生的一個短篇我也願意！他全是被他那些讀者給弄迷糊了。他們把我丈夫看成了一種奇珍，見了我丈夫甚至臉也紅了，話也結結巴巴說不清了，爲自己能見到這位大作家，並能和他說話而感到幸福得不知所措……我看到書店門口的隊伍越排越長，我丈夫的自信也隨即增長。他已經有點笑臉了，他已經不那麼神經緊張。我丈夫只有在利本尼的那些小酒館裡才覺得自在。只要我們一上哪家大飯店，或者去參加什麼社交活動，見到那裡的人們穿得漂漂亮亮，言談舉止斯斯文文，我丈夫就臉色發白，不管做什麼事情都會出錯，或者面紅耳赤、結結巴巴，直到我們離開這場合走到門外才恢

---

⑨史克沃列茨基（Josef Škvorecky, 1924-），捷克著名作家。他在前蘇聯進駐捷克後僑居加拿大，不但自己繼續寫作，而且與夫人共同創辦了一家專門出版捷克文學作品的出版社。史克沃列茨基同時爲多倫多大學文學教授。

復正常。他跟這些舉止文雅的人在一起總是不停地出汗……可是在這裡，在作家簽名這種場合裡，每個人都對他很友善，他看到的全是在作家面前顯得很謙卑的人，於是我丈夫便表現得跟在酒店老闆萬尼什達那兒和在「老郵局飯館」那兒一樣自在。後來售貨員們關上了書店正門，書店外面還有許多讀者在拍打窗戶，可是沒辦法，已經六點鐘了。只是那最後一群人得到了最後簽的名……我的寶兒爺站起身來，彷彿我們是參加完婚禮剛從札麥切克宮堡回來。他身上有一股啤酒味，臉上有黑眼圈，嘴邊滿是深深的皺紋。他招手向書店經理致意，甚至還親吻了年輕女售貨員的手。我們從書店後門出來，在我們身後響起了鎖門聲。我和丈夫並肩走著，我面帶微笑邁著步，用雨傘尖頭撐在地上走，因爲我穿的是那雙紅高跟鞋。我很想笑，因爲直到昨天，我的寶兒爺一想起第二天要他去簽名，便心慌得直想嘔吐，整夜沒睡，就像當年在婚禮前一樣緊張不安。他嚷嚷著，說他哪兒也不去。每當非去不可時，他就像一頭被人用繩子牽著走上屠宰場一樣不幸和反抗的牛……如今他走在我身旁，我甚至看得出他在想什麼：每個迎面而來，走過民族大街的人，都認得他是一位作家，向他微笑地點頭致意，表示問候，這是以前從來沒有過的事。突然，在他把我拉到平卡希酒館喝啤酒之前，人群中有人在揮手，並大聲嚷嚷「你可眞棒！你做到啦！」然後，他在平卡希酒館請我吃了一頓，後來又坐到酒吧高檯邊喝了一輪啤酒，他自己一杯接一杯地喝著那服務員從錫面櫃檯裡取出來並給顧客們斟上的酒……

我說，「媽媽，這怎麼可能呢？我看了一下他那本出了名的書。我讀它的時候，總有一個印象，覺得凡是讀它的讀者都得在家裡繼續接著將它寫完。我丈夫寫的東西就像我採購的半成品食物一樣，回到家裡還得加工燒煮，嘗一嘗，讓它變成可吃的食物。我說呀，媽媽，我們在家裡講德語，可是，媽媽，我上過捷克學校，他那些短篇小說有點結結板板的，就像壞掉的牛奶一樣。你怎麼看，媽媽？」我婆婆正等著我說這個呢！「姑娘啊！你說得相當對！瞧，他不僅在小學，尤其在中學，文法課的分數總是『不及格』或者『劣等』，我說的是捷克語文法。還留過兩次級，一次是在中學一年級，另一次是在中學四年級。除了其他好幾門課得『劣等』之外，捷克語這門課也總是不及格。姑娘啊，我那個寶貝兒子原來是做什麼，什麼都不靈。他十歲的時候開始用鋼絲鋸在木板上刻些花紋之類的東西，準備做個小箱或者小盒什麼的，可是從來也沒做成過……後來又集郵，我幫他買了本集郵冊，他有一盒子很珍貴的郵票，是在閣樓裡找出來的。他是怎麼把這些郵票貼到那本挺貴的集郵冊上去的呢？用阿拉伯樹膠！先在郵票背面抹一層阿拉伯樹膠，貼上集郵冊之後，又莫名其妙地往郵票的正面抹上樹膠，結果弄得到處都黏黏糊糊的，他自己身上、我們身上、桌子上都是樹膠，頭髮黏在枕頭上……」婆婆說著說著忍不住笑了，「要不就學著釘書，照著一本手工手冊上寫的：先用繩子綁一個框子，把散了頁的平裝書壓在框子下面切齊，然後便開始釘。釘得他斜著眼睛，伸著舌頭……後來又做了一個硬書封，可是那釘在一塊的書頁與硬書封怎麼也合不到一塊，總斜著……我的好姑娘，他的手就這麼笨，做事就是這麼不能幹哩！你不知道，報紙上登的那些填空遊戲、猜詞、畫謎和智力測驗他連一個都答不出來……光會臉紅，腦袋笨得要命……唉，等他到了青年時代，他又想學攝影，每次從浴室鑽出來時弄得全身都是顯影水、定影水，可是一張照片也洗不好，總是有一層像煙霧一樣的東西浮在上面……開春的時候，他便開始栽種花草，他找來些石頭和阿爾卑斯小花……唉，他多少次砸了腳劃破了指頭，累得死去活來，才把那假山砌出來呀……可是兩個月之後，他在那裡什麼也找不到了。假山已被泥土和雜草埋掉。姑娘啊，從我講的這些事，你對你的寶兒爺總該有個印象了吧……後來，德國人關閉了高等學校，他就只好去埃克特貿易學校上學。他知道，儘管他努力了，可仍舊是唯一一個沒有學會速記的學生，他只會打字……學當列車調度員時，我這位寶貝兒子又是唯一一個沒完全學會發電報的人，其餘的人都嘲笑他呢！……彈鋼琴也一樣，他的指頭不靈活，儘管他在演奏，甚至還彈李斯特和蕭邦的作品，他自己樂意，可他那手指頭總是在鋼琴上哆哆嗦嗦磕磕絆絆的。他一個人彈琴的時候還好一點，但是只要有人看著他的手指或者站在他後面，他便不彈了，臉一紅，不彈了……他唯一能幹的就是賣苦力，每個假期都到塞德拉切克博士那兒去裝卸黑麥，然後將它們一袋袋從脫殼機那兒扛到糧倉裡。塞德拉切克博士的莊園在紮拉比，雇了一個監工和十個收莊稼的女工。我這大學生兒子就在那裡打工。大家都誇他，幹這種事他行，因爲他是塊能扛重活的大木板。幹重活，這倒是他最拿手的。這又不用動腦子。他疊完麥堆之後，便去橋下酒店喝酒，他還在那裡演奏史特勞斯的圓舞曲，那裡連樂譜都替他準備好了……可是在那裡他又把賺的工錢花個精光。他說一口氣花掉自己親手賺來的錢特別痛快，尤其是花掉幹重活賺來的錢！在克拉德諾鋼鐵廠時是這樣，在廢紙回收站打包時也是這樣，在劇院當布景工時還是這樣，他打雜工幹重活還幹了四年之久。姑娘，你知道爲什麼嗎？因爲他別的什麼也不會啊！一直到現在，他什麼都試過了，看看哪樣工作對他最合適。瞧，眞沒想到，他竟然成了一個作家……姑娘，大家都說這是美國式的荒誕作品哩！這一套我也不相信，可是報紙上這麼寫，我看得見。我的孩子，扶住我一下，別讓我倒了！據說他是走上了一條成爲暢銷書作者的道路。這可能嗎？不可能！可是你瞧，事實擺在眼前！這又是可能的！誰說這世界上沒有奇蹟？我眞擔心他還要寫出些什麼書來，因爲現在的讀者們都反常到極點……誰還去讀高爾斯華綏⑩呀？誰還去讀阿庫巴謝夫呀？誰還去讀伊拉塞克⑪呀？啊哈！都來讀赫拉巴爾吧！這是咱們的記錄員……」婆婆直樂，還拍了一下手……我說：「媽媽，他連個表都塡不好，怎麼能當作家呢？他什麼都塡上，可他不是這裡丟一條便是那裡補一項，塡得很糟糕，該塡名字的地方，他塡上姓；該塡姓的那一格，我這位寶兒爺又塡上名字；在『民族』一欄裡塡上國籍；在該蓋公章的地方簽上名……每次都免不了讓人訓一頓，要是由我把表送去，我只得紅著臉，無地自容地跑回來。每塡一份表，我都得跑四五趟呢！」我婆婆一直忍不住笑，對我的每句話她都點頭表示同意……我說：「媽媽，你還覺得好笑？」

我常回憶起那些珍貴的日子。當我丈夫沒有錢的時候，我從巴黎飯店帶一小鍋飯菜回來給他，他總是很高興，從來也等不到第二天，就立刻把那一鍋飯菜熱一熱，半夜三更用勺子吃著牛里脊肉、燜肉湯或紅燒肉。我還回憶起，當我的寶兒爺提著提袋去取書籍出版的預付酬金時，我眞希望有人把這些錢偷走，可是人們卻以爲我丈夫的提袋裡裝

---

⑩高爾斯華綏（John Galsworthy, 1886–1933），英國小說家、劇作家，一九三二年諾貝爾文學獎獲得者。

⑪伊拉塞克（Alois Jirásek, 1851–1930），捷克著名曆史小說家，著有《楊·胡斯》、《抗擊衆敵》等以捷克重大歷史事件爲背景的數部歷史小說。

的不是上萬克朗，而是那些沒中獎的彩劵之類的東西。他提著這個裝著鉅款的提袋在布拉格的大街小巷裡閒逛，上酒館，把裝著上萬克朗的提袋隨隨便便掛在牆壁某根釘子上。

如今他不僅換了飯店、啤酒館，連朋友也換了。他自己花錢喝啤酒還不算，還一個勁兒地爲朋友付啤酒錢。他很少去哪兒喝葡萄酒，即使去了，也待不住。可是他必須上啤酒館，因爲他更愛的倒不是啤酒，而是啤酒館裡那些無聊的八卦閒談、那股瘋瘋癲癲的熱鬧。總之，他熱愛那裡我所討厭的一切。我在這種小酒館待上一個鐘頭就被那股煙味酒味熏得頭昏腦脹。可是我丈夫還偏偏喜歡酒館裡這些亂七八糟東拉西扯的瞎扯閒聊。如今他喜歡上了平卡希酒家和作家出版社對面的瓦洛希酒家。如今他又和另外一些朋友到金桶酒家去喝啤酒，到伏爾塔瓦河對岸的奧林匹亞酒家去喝啤酒，喝的是他最愛的名牌皮爾森啤酒。有一次我在那裡坐了一會兒，那裡又有一些他的新朋友。我非常喜歡那位帥氣的林基先生，還有那位替我丈夫編書的杜哈切克先生，他是個大酒鬼，他在奧林匹亞酒家給我看了他的每日啤酒消耗帳目本，五年內總共喝了約一萬五千瓶半公升裝的啤酒。這位杜哈切克先生來自農村，可是如果有必要，他敢跟個彪形大漢拼命。那一次，他站起身來，揮手要打架，可是到後來他克制住自己，決定不去理睬那個大漢。到這裡來的還有一位名叫卡雷爾·貝茨卡的先生，剪短髮，挺好的一個人。他的頭髮濃密蓬亂得跟剛釋放出獄的犯人一樣，我還眞的以爲他在監獄裡待了十五年哩。他開始寫作，我丈夫讀了他最初寫出來的那些短篇小說，立即將它們交給了出版社編輯杜哈切克和托斯達爾先生。陽光透過窗口射進了奧林匹亞酒家，屋子裡很舒服，我丈夫的那些朋友都非常快活，快活得有些離譜了。我丈夫的提袋裡裝著預付的一筆稿酬一萬五千克朗，全是一百克朗一張的鈔票，零零散散地塞滿一提袋，他提著鈔票就像提著兩斤菠菜那樣。每隔十五分鐘服務員就端來一批啤酒。後來，進來一個人，就讓酒館門在他身後大開大敞著，他有一副很漂亮的男高音嗓子，唱著「我到馬可斯城去玩，那裡的幽默笑話堆成山……」隨後又進來一位戴眼鏡的人，人們向我介紹說他是畫家米古拉什・麥德克。走來幾個女招待員，恭恭敬敬地歡迎這位畫家，問他想喝點什麼，米古拉什・麥德克要了一份維爾木特酒，有個戴眼鏡的服務員問他：「麥德克先生，您還要點其他什麼東西嗎？」畫家要了一個深底碟子。服務員笑了：「要這個幹什麼，麥德克先生？」他回答：「我嘔吐時用。」我站起身來和大家告別，可我只跟林基先生握了手就離開那裡。後來我才知道畫家米古拉什・麥德克有糖尿病，他一喝多了維爾木特酒就要嘔吐，所以要一隻盛湯用的深底碟子。

實際上是我給自己設了個圈套，事與願違。我本來建議我的丈夫待在家裡寫作，由我來養活他。頭半年的確如此。但是後來他不僅不需要我替他用平底鍋從我工作的飯店裡端些飯菜回來，而且也不用給他五十克朗零用錢了，恰恰相反，他錢多得讓我吃驚。隨著我沒想到的他的成就，開始了他的國外旅行。有一次跟作家們坐大轎車在奧地利兜一大圈，還是我當他的嚮導，那一次柯拉什⑫先生也去了，所有的詩人一個個就像詩人的樣子，只有我丈夫像個不再踢球的足球運動員，像一個農民。

後來他又去了英國、法國，然後又到了美國，在那裡與作家阿諾什特·盧斯蒂克⑬成了朋友。他也不像個作家的模樣，一頭鬈髮和一張像女士一般秀氣的臉。當我得知他

⑫柯拉什（Jiří Kolář, 1914-2002），捷克當代詩人、美術家。早年寫詩，後來棄詩從畫，通過打破詩畫之間的界限而躋身於世界現代造型藝術權威人物之列。從一九七六年起定居柏林和巴黎，在全世界舉辦畫展。

⑬阿諾什特·盧斯蒂克（Arnošt Lustik, 1926-），捷克當代作家、劇作家。曾多年被關在集中營，一九六八年到以色列，後到南斯拉夫，現已定居美國，講授電影與文學。他的作品多描寫猶太人的命運。

在特雷津集中營待過整整六年，從十六歲起就受過這麼大的磨難時，我幾乎不敢相信。他不喜歡德國人，聽我丈夫說，他從來沒有說過一個德文字。阿諾什特知道該吃什麼，他吃蔬菜和肉。而我丈夫，不管給他吃什麼，他都狼吞虎嚥地吃個精光。他們住在巴黎的紐約賓館和倫敦火車站附近聖・拉札爾飯店時，還沒等到湯和冷盤上桌，尤其是我丈夫，便餓得把擺在桌上的所有麵包和芥末吃個精光。我甚至為沒有跟他們一道去這些地方而感到高興，要不然我會為我這個沒有吃相的寶兒爺感到丟臉。當他們來到倫敦機場時，正遇上一夥工人抬著一架三角鋼琴，我丈夫突然莫名其妙地離開了代表團，像倒車一樣用手指揮工人們這架鋼琴該往哪兒搬。結果，我丈夫將這些倒楣的人帶到了下面一層的地下室裡，又從地下室往下搬到地窖倉庫裡，他們本該把鋼琴搬到三層樓上面的餐廳裡去的。工人們從捷克斯洛伐克代表團中找到我丈夫，真想狠狠揍他一頓。布拉格的作家們拿他開心好一陣子，斯洛伐克人更是罵我丈夫說他沒給捷克斯洛伐克作家面子……

我聽說，盧斯蒂克每當他的孩子們鬧得他沒法寫作時，他便提著一個籃子進城去，買上滿滿一籃柑橘、香蕉、巧克力和其他好多吃的回來，把孩子們叫到跟前，指著一籃子東西對他們說：「瞧瞧！你們的爸爸需要寫作，而你們卻鬧翻了天。如果你們能安靜下來，這一籃子好吃的東西就是你們的。你們爲什麼能得到這一籃子東西呢？因爲你們的爸爸一寫作，就能夠賺到錢；可是你們要是像野獸一樣吼叫著，爸爸就沒法寫，你們又能得到什麼呢？得到個屁！」盧斯蒂克先生還有一件事使我很喜歡他這個人：他爲了能夠安靜地寫作，由於那一籃子好吃的東西沒起作用，孩子們還是太鬧。於是他在羅烏比奇科瓦・霍達買了一所小木屋。當盧斯蒂克終於能坐到窗前的打字機旁，準備在薩紮瓦河邊這座小屋裡安安靜靜寫作時，突然一聲巨響，震得小木屋都微微跳動了一下，可是阿諾什特繼續寫他的書。到中午那爆破聲又接連不斷，吵得他都覺得家裡雖然孩子們鬧，也比這裡清靜得多，他還不如在家裡寫作。於是他朝發出爆炸聲的方向走去。發現在他的小房子後面有一個花崗石採石場。他問他們大概要在這地方採多久，人家告訴他，這是用來築高速公路的，每天兩班倒。盧斯蒂克後來只是微笑著問他們這裡的花崗石要多久才能開採完，他們回答說：「時間不會太長，大概十年左右。」我丈夫對我說，他從來沒見過像阿諾什特這樣愉快、這樣讓人喜愛的夥伴，他們不管是在巴黎還是在紐約，總是住在一起。所有航空小姐都愛上了盧斯蒂克先生。在巴黎時我丈夫一大清早便醒來了，只有實在太累時才能睡著。他們睡覺的時候總是敞開著窗戶，而在火車站附近的聖・拉扎爾飯店喧鬧得讓人根本沒法睡覺。一大清早就有兩位航空小姐坐在阿諾什特的床邊，梳理他的鬈髮，她們爲能給作家梳頭而感到榮幸。阿諾什特坐在那兒，穿著睡衣，胖乎乎的，也睡足了。他那樣子，彷彿從來沒在集中營待過；恰恰相反，倒像從小過著奢侈、富裕和舒適的生活。我丈夫告訴我，在紐約時，阿諾什特走遍所有他熟悉的猶太區。那裡不僅出版了他所有的長篇小說，也出版了他的短篇小說。我丈夫醒來時，阿諾什特還在睡覺。總有許多編輯圍在他的床周圍，或坐或躺，還有人抽著煙，等著阿諾什特醒來，以便跟他談話和簽訂合約。他們不僅想要他那些已經寫出來的書，而且還想要他那些準備要寫的書。而阿諾什特一醒來，總是對我丈夫說：「你這個難對付的傢伙，我們今天去看望一下卡贊⑭，不管你到哪裡想喝啤酒，我都給你買一聽最好的易開罐。」於是我丈夫便跟著阿諾什特幾乎步行逛遍了全紐約。他還告訴我說，有一回他們出了旅館門，來到二十八街。突然響起一陣槍聲，員警們握著扭開了保險的連發手槍正朝著地鐵口射擊，從地鐵口又有人朝外放槍。人們有的驚慌逃跑，有的趴在地上，跟電影裡一樣。胖乎乎的、頭髮梳得整整齊齊的阿諾什特．盧斯蒂克走到那個正彎著腰、舉槍對準地鐵口的員警跟前，輕輕拍了一下員警的肩膀問道：「請問，這裡什麼地方有郵箱？」

⑭卡贊（Elia Kazan, 1909-2003），美國導演、作家。

3

這一回，我丈夫讓我到婆婆那裡去，把他已在寧城付了錢的五公斤早熟梨取回來。我和婆婆坐在一起，對她說了好多好多話，不算訴苦告狀，因為我對婆婆說到關於我丈夫的事情，都引得她哈哈大笑，因此她除了交給我這五公斤梨子之外，還添了一隻小花貓，並且對我說：「要是小貓還幫不了你的忙，其他任何東西也都無濟於事了。因為你那位寶兒爺在家十年來最喜愛的就是貓咪。」於是我便把小貓帶回家。等我丈夫東奔西跑回來，他一看見這隻小貓，便連對那些梨子也沒想起問一聲。我看到了我以前在我丈夫身上沒有發現的東西。他見到這隻小貓又驚又喜又激動，立刻替牠端來牛奶。等牠挑肥揀瘦吃飽了，我丈夫便用小木箱為牠鋪了個床，然後又給牠找來一個舊盒，裡面放些沙子。這個晚上他哪兒也沒去，只是坐在那裡看著小貓，撫摸牠，伸出一根手指頭讓牠蹲在上面，將牠挪到他的臉旁，他說這樣的小貓咪能消除憂愁和痛苦，這種小貓咪很懂感情。他馬上鋪自己的床，將小貓帶上床去睡。小貓緊緊依偎著他，可我丈夫呼出來的氣帶有一股啤酒味，小貓連忙轉過臉去睡，我丈夫不得不立即起床刷牙，於是小貓便緊挨著他的下巴甜甜地睡著了。我丈夫面帶微笑，小貓則抓著他的手指嘬得津津有味，後來我丈夫不想讓小貓在夜裡也都這麼靠得太近，只得自己讓開牠一點兒。就這樣一整夜都姿勢很不自然很不舒服地睡著。小貓咪嘬著他的指頭，而我丈夫，我的這位寶兒爺覺得很幸福很愜意，因爲小貓咪的粉紅小嘴巴在觸碰著他，且睡得那麼香甜……

從我帶回小貓咪的時候起，我丈夫變了個模樣，已經不像以前那麼常去酒館了。晚上他總是儘量待在家裡，把兩個爐子都燒得暖烘烘的。他好像已經成了小貓咪的媽媽。我的寶兒爺不僅養成每晚刷牙的習慣，而且一到晚上便不再喝啤酒，免得嘴裡有股氣味。不管我什麼時候醒來去看他們，總看見小貓咪在吮我寶兒爺的指頭。儘管後來小貓咪已經長成一隻大公貓，可他們還一直是這麼睡覺的。大公貓從來沒有在不躺在我丈夫身邊吮著他指頭的情況下睡著過。我們給這隻公貓取了個名字叫「亞當」。亞當十分愛我丈夫，牠每天盼望著傍晚到來。我一鋪床、一抖床單，亞當便一溜煙鑽到床單下面，摸黑在那裡玩耍。我也愛上了這隻貓，彷彿牠是我們的孩子。牠白天喜歡在閣樓裡取暖，待在我丈夫打字的地方。如今即使我在家，他也寫作，因爲有貓兒坐在他身旁，且很內行地看著打字機上的鍵盤，又滿懷深情地看著我丈夫。一會兒又爬到我膝蓋上來坐一坐，然後再回到我那正在寫作的丈夫那裡去待著。這小動物簡直成了我丈夫的繆思啦。但是有一天出事了：貓兒沒回來，整整一夜都沒回來。我丈夫非常著急，他走出家門，找遍各個板棚，第二天又到各鄰居家裡去打聽他的貓是不是去過他們家。我的寶兒爺還跑遍街上的每座建築，那些已經無人住的地方。他喊著牠的名字，細聽有無牠的動靜，心裡越來越著急，老覺得他的小亞當在某個地方喵嗚叫著。可是這貓到晚上、夜裡都沒回來。直到第二天早上我丈夫起床，我也起了床，才發現亞當站在半開著的窗台上，舉著一隻小爪子。牠一臉驚恐，想看看我們是不是在家，這家裡的一切是不是安然無恙。我丈夫喊了牠一聲，亞當一步躥進廚房，狼吞虎嚥地喝著牛奶，一會兒又停止喝奶，瞧瞧我，看看我丈夫，有點像對我們表示謝意，之後又接著喝牛奶，喝著喝著又停下來，望望我們。我們倆都知道，牠要是沒有我們恐怕得餓死，說不定有人會宰了牠。我們兩口子互相深情地對望著，而且久久地親吻著。我們互相從對方的眼神裡看到了我們彼此是多麼深愛著對方。貓兒也看到了這一點，先在我丈夫懷裡蹲一會兒，然後又到我懷裡蹲一會兒，過一會在我身上扭動幾下，閉上眼睛，然後又睜開眼睛含情脈脈地瞄瞄我。我以前從沒養過貓，這會兒才逐漸地體會到，動物是怎樣來表達牠們心中的愛意的。從貓兒這小腦袋瓜子裡產生出的這種情感力量，是我無法拒絕的。我也閉上眼睛，碰碰牠的腦袋，我們就這樣交流著愛意，彼此都感到喜悅。真有點像我跟我丈夫在結婚之前交往的那種感覺，就像我從巴黎飯店替他帶回一小鍋飯菜、從我每次上班後得到的小費中拿出五十克朗塞給他的那種感覺……

每當我還在上班，我丈夫泡在小酒館裡的晚上，我們的亞當總是在堤壩街24號主樓的煙囪背後等著我們。在那裡牠有個眺望點，從牠這個眺望點可以看到街道轉彎處，看見我們怎樣從這轉彎處的煤氣路燈下走出來。要是我丈夫到電車站去接我，我倆便一塊回來。亞當蹲在屋頂的煙囱旁，誰若走到那街道轉彎處，牠便伸出小腦袋，使勁盯著，好看清來人是誰。要是我一個人，或者跟我的寶兒爺一塊兒走來，我也每到那轉彎處便藉著路燈的微弱燈光朝我們屋頂的煙囱那兒看。不管是我、還是我丈夫，只要看到那顆珍貴的貓頭，而牠也發現了我們時，牠便立即消失不見，因爲牠在屋頂上等了那麼久的我們終於回來了，牠自然欣喜若狂，忙著下樓迎接。我們一去開大門，牠便在門裡邊喵嗚叫上一聲。等我們開了門，牠總是以同樣的方式迎接我們：急急忙忙跑過來，在我們腳旁蹭來蹭去。到了過道上，牠便伸直一條後腿一條前腿，然後又換過邊，伸個懶腰。我或我丈夫便彎下身去拍拍牠。這時，貓兒閉上眼睛，站起來，抬著前腿在地上蹬那麼一會兒，因爲牠知道，我們其中一個人會將牠輕輕抱起，放到懷裡，親親牠的臉。這隻貓便彷彿暈了過去，呆著一動也不動。這時，我們也往往同牠一樣感動……

慢慢地，我已經預料到，我丈夫將繼續像個體面人那樣工作下去。我的寶兒爺寫出三本書，一本接一本地出版了。每出一本都得到出版社的獎金；每出一本，即使印量高達五萬冊甚至十萬冊，卻也總是在出版的第二天便已賣得一本不剩。我丈夫同意那天晚上我們一道去逛逛布拉格的街道。書店櫥窗裡將陳列著他的書，我們將瀏覽這些滿是他名字的櫥窗……這一切都曾經僅僅是夢啊……我看到，我丈夫的讀者彷彿始終走在他的前面，彷彿他們打了賭，看誰會追上誰，誰打垮誰……讀者們在繼續消化掉我丈夫這些簡單得像小學一年級的識字課本一樣的亂七八糟的文字。我寶兒爺寫的那些東西越來越大膽，甚至放肆。在文中說些通常不能大聲說的東西。他自己也爲與讀者的搏鬥而感到害怕和嚇一大跳，認爲總有一天會要落得個坐大牢。他所有的錯誤行爲、他所有的劣跡都會拿到法庭上去理論一番，這我倒很高興。眼看我丈夫寫東西越發放肆，我也幸災樂禍地覺得，他這回只得閉上嘴巴受罰了，可是他每次都擺脫了這一厄運，甚至還獲獎，甚至國外也開始出版他的書……

我在《人民民主報》上看到一則廣告：出售一棟在克斯科的郊外小木屋，售價爲四萬克朗，我立即想像出一座森林邊的小木屋。我丈夫將在工作日來這裡，我則在星期六和星期天來這裡。假如我的寶兒爺有了這棟小木屋，他就不會再像現在這樣沒命地寫作，等他把那點兒沒寫完的文稿寫完，他就會對他的寫作道聲阿門。因爲我丈夫不會再有繼續寫下去的理由，因爲他除了有我、有貓之外，還會有一所小木屋。我已料到，如果我們能得到這棟小木屋，我的寶兒爺將會在木屋的每間房間裡生上火、點上爐子。在沒爐子的房間裡，他會想法去安座爐子，在沒有煙囪的地方裝上個煙囪。一生起火來，他便會從一個爐子走到另一個爐子那兒，不停地往裡面添柴火。有了小木屋，他就會常常到森林裡去。從我們過去的散步中我已經看透了他，他只要見到一株漂亮的白樺樹，一棵漂亮的雲杉，便立即站不住，久久地盯住這株白樺、這棵雲杉。我得格外注意，生怕他會跟這株樹長到一塊兒，再也變不回來了。於是，我們給刊登售屋廣告的人寫了一封信，並等著他的回音。

後來那人回信了，我們爲克斯科小木屋付了定金，然後又親自去那裡看了一下，接著便找公證簽合約、補付款項……我丈夫所有心思都惦著這一小片將屬於我們的林子和小木屋，簡直等不及人家交出鑰匙。他搭坐公共汽車往那兒跑，步行著在那周圍閒晃，仔細欣賞林中的雲杉和白樺，欣賞這些已有一百三十個年頭、即將屬於他的古樹。他感興趣的不是這棟房屋，而是這些白樺和雲杉。這塊即將屬於我們的一小片林子附近的鄰居，看見來了這麼個陌生人，都紛紛感到不安，甚至準備搜捕他。他一再向他們解釋，可是鄰居們仍舊堅持要他快離開這兒，否則要去叫員警，因爲經常有很多流氓無賴在這裡晃來晃去。搬來前，我們試用了新買來的小汽車，接著屋主將鑰匙、合約書交給我們，一小片林子、一個小小的廚房和一個小房間便是我們的了。就像我已經說過的那樣：我丈夫立即叫來了泥瓦匠，又在屋子裡裝了個爐灶、修了個煙囪。即使天熱，他也生著兩個爐子，廚房裡一個、房間裡一個。因爲林子裡的住房很潮溼。可是只等我們一暖和過來，我的寶兒爺便開始籌畫起來，說是要加蓋一層樓，把屋頂掀掉，在那裡弄一間工作室，斜頂的，錫片屋頂，可以聽得見雨聲，就像在啤酒廠時那樣。就在他滿腦子這種計畫的期間，他成天繞著白樺、雲杉轉來轉去，每次散步回來都精神抖擻。他完全丟開了寫作，哪兒也不去，也不在家裡請客設宴。他像著了魔似的迷上了這個地區，像他小時候那樣，像他成了個年輕小伙子時那樣迷戀著這個地方，那時，他跟寧城的姑娘們常常一直散步到這裡，沿著小河一直到克斯科的森林這邊……

4

「媽媽，」我說，「請您別生我的氣，我可越來越覺得我丈夫的寫作有點像他們過宰豬節⑮那樣亂七八糟的。媽媽，可惜您沒有聽見咱那位寶兒爺是怎麼跟詩人馬利斯科⑯談論宰豬節的。您知道，他們是多麼盼望這個宰豬節啊！他們倆鬼鬼祟祟地一直在琢磨這事。媽媽，他們甚至去買了一本關於如何宰豬的斯洛伐克文手冊來看。書名叫做《家庭宰豬》，一買就買了兩本。他們像讀《聖經》一樣地讀著這本書。還在姆萊克・盧科斯

⑮秋末冬初，農民在家裡將豬宰了，請客設宴，有慶祝一年收成之意。赫拉巴爾和他的朋友們卻在宰豬節喝得酩酊大醉。

⑯捷克詩人、民族劇院的大提琴演奏家，赫拉巴爾終生最親近的一位朋友。

爾比，他們的朋友博列克家養了一頭小豬。博列克的太太叫米萊娜。有一次，我們還到他們家裡去了。馬利斯科拍了拍那頭小豬告訴我說要過一次宰豬節。那時我還有點不相信。不過，不信也得信，因爲他們什麼都已商量好了，甚至還請了瓦德曼・馬杜什卡來幫忙宰豬。只因爲馬杜什卡到附近的巴德克一所學校去了，宰豬的事只好延期。博列克只好給大家發電報說：『我病了，宰豬宴延期。博列克』。如今又忙起來了。媽媽，上星期我丈夫和詩人馬利斯科想要過宰豬節了，於是我們又坐火車到姆萊克・盧科斯爾比去。天氣冷得要命，我的寶兒爺買了一瓶松子酒，在車上便把這瓶一公升裝的酒喝光了，弄得滿車廂都是松子酒味。後來，我們下了車，從赫盧麥茲朝姆萊克・盧科斯爾比走，走到大街上，馬利斯科仰面摔了一跤，腦袋撞在硬石塊地上，準備送給米萊娜的三公斤柑橘全撒在地上，馬利斯科便躺倒在這一大堆柑橘之間。我丈夫樂壞了，說他朋友躺在柑橘中的那樣子非常好看……眞丟人哪，二樓有扇窗戶被推開，正在午睡的林區主任被吵醒了。他穿著一身制服探出頭來嚷道：『你們還算知識份子？』等到馬利斯科先生明白過來，他滿肚子怨氣地想像著：要是我丈夫摔倒了，他肚裡那一公升尼特拉產的松子酒準會全噴出來……我們就又繼續往前走，往前走，媽媽，眞要命！……」

「這算什麼？」我婆婆說，「姑娘，你得習慣這些。他跟這位詩人，好些年前就已經喝醉過好幾次呢，這才要命哪！有一回，在馬利斯科先生住著的那個地方，在地窖裡，也這樣喝松子酒喝醉了。那天正趕上大禮拜五，我那寶貝兒子理所當然是他們中間喝得最多的一個，因爲他想當作家、當運動員、當第一名、當世界冠軍嘛，於是便拿松子酒當水來解渴……馬利斯科先生喝得糊裡糊塗的，只知道將我兒子放到一輛手拉車上，車子從自來水廠一直拉到啤酒廠，一路上只聽得馬利斯科家的鈴鐺響個不停，讓所有打開門或從窗口探頭出來的人都來看熱鬧，親眼看看我那喝醉的兒子怎樣躺在小車上。他們把他一直拉到啤酒廠。咱家奶奶打開門，她視力不大好，連忙跑到廚房裡驚慌地說：『他們把波爾壓死啦！』波爾是我們家那條狗，幸好不是波爾，而是我們的兒子。我們不得不去請大夫，因爲我兒子暈過去了……姑娘，跟他在一起呀，你有的是快活日子過哩！」

我說：「媽媽，等我們來到姆萊克・盧科斯爾比，他們那一通熱烈的擁抱啊，可眞叫歡天喜地！米萊娜肯定是喜歡上了詩人馬利斯科。我們立即打開松子酒，做好了過宰豬節的一切準備：院子裡擺上了木盆，倉房門大敞著，裡面擺滿了烤好的小甜麵包，是配小香腸吃的，到處擺著一罐罐麥片粥。他們已經不給豬餵食了，好讓牠到第二天早上消化一空。大家先吃買來的粗香腸，開好的豬肉罐頭，還喝掉了所有的松子酒。我丈夫和馬利斯科先生都很開心，他們感到美中不足的只是布列頓⑰、還有艾呂雅⑱和札拉⑲

沒能和他們在一起。博列克直接捧著瓶子灌啤酒，他們笑個不停，只有我一個人沒有笑，站在那裡發呆。博列克也勉強算個詩人。媽媽，他可會信口開河胡說八道哪！有一次我們在索依克家，博列克來了。好多畫家和我丈夫的朋友們坐在那裡，博列克說：『對不起，朋友們，我來晚了。我剛從律師那裡來，爲慶賀我妻子的生日我買了所別墅。』大家聽了都很感動。博列克接著說，他需要一位畫家去幫他裝飾一下原來的家，在赫盧麥茨的莊園跑馬場，他在那裡養了些栗色馬和乘騎。畫家的任務是給跑馬場畫三幅大畫，六米長，他可以爲裝飾這跑馬場花上二十萬……媽媽，博列克於是與漢普及鮑什兩位畫家談妥了這事情，可是到後來，媽媽，什麼事都沒成。眞的，就像許給米萊娜的那所別墅一樣，也像那次請了瓦德曼・馬杜什卡來辦宰豬節一樣，沒兌現。後來，我們打著燈籠走到地窖裡，那裡淌著水，還放著一個大木盆。米萊娜將醃肉放到滷汁中入味準備燻

⑰布列頓（Andre Breton, 1896-1966），法國作家、詩人，超現實主義的創始人之一。

⑱艾呂雅（Paul Éluard, 1895-1952），法國詩人，超現實主義運動的創始人之一。

⑲札拉（Tristan Tzara, 1898-1963），法國詩人，達達派創始人之一，後爲超現實主義者。

製，詩人馬利斯科和我丈夫對每塊肉都聞一聞，儘管它們臭得要命。等他們把這些肉重新疊好之後，便拿了一塊後臀尖上來。米萊娜用塊鮮紅的肉做成肉排。後來，哈利什博士開著小汽車來了，他也喝得醉醺醺的，但他是一位很帥的男人，衣冠楚楚、臉刮得很乾淨。他跟馬利斯科先生很合得來，因爲馬利斯科是民族劇院音樂大師、大提琴二把手，而哈利什則是位大提琴業餘演奏家。喲，媽媽，他們好一陣熱烈擁抱啊，特別是當哈利什隆重宣布說他的情人昨天生了一個小女孩，他得去赫拉台茨・克拉羅維看望她時，氣氛更加熱烈。後來，米萊娜對我說，哈利什博士在大學教書，那兒有個女大學生愛上他，如今替他生了個漂亮的小孩。哈利什博士還說他今天晚上得趕回家去，他女兒今晚要舉行舞蹈課結業式，他得穿上禮服去參加。那我下午寧可跟哈利什博士一道坐車去赫盧麥茨，我答應明天一大早再跟詩人馬利斯科的太太一道來參加宰豬節。媽媽，跟哈利什先生一道坐車可眞是一種冒險，他因爲生了個小女孩而興高采烈得幾次將車子開到溝裡去了。快進城的時候，他對我說他不去參加女兒的舞蹈課結業式了，而要回家去取大提琴，然後立即回到姆萊克・盧科斯爾比來，說是不能丟掉一個機會，讓眼下頭腦尙清醒的馬利斯科用大提琴至少演奏一段安東尼・德弗札克的音樂，以慶祝明天的宰豬節，說因爲天才的作曲家德弗札克也曾經是學當屠夫出師的。」我哭笑不得地將這一切講給婆婆聽，可是婆婆絲毫不覺得有什麼可難過的。我看到她還感到很高興哩！她仰望著天花板，然後對我說：「你瞧，姑娘，我算是已經熬過了這一切，如今就輪到你來適應這些事了。……我說，你就把這生活當做美國滑稽怪誕作品來看吧！……後來呢？」

我說：「媽媽，等我們回到姆萊克・盧科斯爾比時，已經是中午了。只有博列克一個人還算是個活人，直接拿著瓶子在喝啤酒。米萊娜則對著那年輕的屠夫大發雷霆：『我要宰了他！』她揮著一把沾滿油的大刀直嚷嚷『我要宰了他，他把我的香腸全糟蹋了，他往裡面擱了半斤薑，給我把香腸做成薑腸了！』……院子中間一灘豬糞水，旁邊是一堆豬糞，糞堆上停著一輛斯科達小轎車，車門敞著，方向盤面前躺著不省人事的哈利什博士，他一隻手垂在車門外，豬糞水一直齊到了他手腕那兒。哈利什博士從昏迷中漸漸甦醒過來，心滿意足地微笑著……後來，媽媽，從倉房裡出來一列奇怪的隊伍：年輕的屠夫肩上扛著半邊豬，走到最前面，屠夫旁邊是詩人馬利斯科，他的臉貼在這半邊豬的後臀尖上，傻呵呵地微笑著，手裡拿著一根香腸，就這樣臉一直不離豬後臀尖地跟著屠夫走進敞著門的屋子裡。在他們後面跟著一個喝得爛醉的男人，我費了好大的力氣才根據他的衣服認出他是我們家的寶兒爺，我丈夫。他端著一大鍋生豬油，身上一直穿著在民族大街巴爾達那兒縫製的那套新衣服、新襯衫，戴著那條很貴、但已經弄得滿是油漬的領帶，腳上那雙我給他從維也納帶來的漂亮皮鞋上沾滿了豬糞……米萊娜在催我們：『快來吃吧！挑自己喜歡吃的吃！香腸和碎肉豬血腸已經放在黑麥稈上了，別像塊門板似的站著不動！』於是我們各人拿了個碟子挑些自己愛吃的吃了起來。可是詩人的太太維拉一直被她所看到的一切嚇得傻乎乎的。我在車上聽她講過她爸爸一直想根據頭銜證件爭取個男爵封號叫馮齊克爾什麼的，她自己根據歷史文獻也該是女爵馮齊克爾什麼的……喏，媽媽，維拉在廚房裡擔驚受怕地說：『我丈夫他怎麼啦，米萊娜？』米萊娜邊倒豬肉粥邊揮一下手，顯得毫不在意。維拉還是心事重重：『他就那麼難受？』米萊娜喝了一大口松子酒說：『怎麼不難受啊！早上躺在打穀場上直喊：拿刀來！』媽媽，我從窗口那兒看到我丈夫穿著那身漂亮衣服用一把刀將豬板油切成小方塊，就像他寫作時那樣全神貫注地切著……我當時氣得眞想捅他一刀，一直刺到他的心臟……可是一心想獲得爵位封號的維拉還在追問米萊娜：『我丈夫他吐了嗎？』眼邊露出了青筋，由於中風而使得臉稍有些歪的米萊娜又揮一下手，在走到院子去之前，大笑著說：『要眞吐了倒好！』……後來，詩人馬利斯科全身油污走進來，這都是他的臉挨著豬後臀尖蹭的，他對大家說：『熱烈歡迎！美妙動人的女神們！米萊娜，我餓了，給我來一份香腸和湯吧！我今天不吃麵包，要啃豬耳朵。』媽媽，這就是你說的什麼美國荒誕滑稽作品。媽媽，哈利什博士，就是那個手都垂到糞水坑裡的人走進了廚房，睜著那雙漂亮的眼睛站在那裡說現在是請馬利斯科、民族劇院樂隊第二把交椅用大提琴演奏德弗札克一段樂曲的時候啦……」

婆婆笑夠之後，揮一下手，意思是我講的這些跟她等會要對我講的相比，根本算不了什麼。通過交談，不僅我婆婆，還有我自己都開始爲下面這個問題在找答案：她的兒子爲什麼曾經是這個樣子？而且現在還是這個樣子？當婆婆將他交給我時，我們倆都認爲我們能把他變成一個有禮貌、體體面面的人。可是他，就像我，還有我婆婆所見到的，還是那個老樣子；爲什麼他過去、現在都是這個樣子呢？爲什麼他吃起東西喝起酒來總想要搶第一、當冠軍？實際上他是個羞怯膽小的人，他爲什麼還老躲著我們？而在他實在沒處可躲的時候，他便當著外人的面丟人現眼出洋相。婆婆回憶每次宰豬節時，她的兒子吃起香腸血腸來就是撐破肚皮也要搶個第一名。每逢我們有客人的時候他便很起勁，而在只有他自己一個人的時候，他便拿著一根冷香腸，將它切成一小塊一小塊的，而且只要一根就夠了，配著麵包吃，只喝一點點啤酒。秋天一到，我們總是從飯店老闆那裡買來許多山鶉，總是烤上滿滿兩盤，十六隻山鶉。我的那位寶兒爺，只要有客人，他就要在他們面前逞能，一口氣吃掉四隻。但如果只有他一個人，他便只吃一隻最小的、或者一隻燻的山鶉。我常從燻肉灶那兒提來滿滿一筐，要是只有他一人在，他只吃一點，可是要是有客人，他就要吃好多好多，而且不吃麵包，讓客人看了很沒面子，到第二天，他便躺著起不來，病了……爲什麼他要幹這一切呢？……

我說：「媽媽，我這位寶兒爺啊，他總像做了什麼錯事似的。他自己也常說，他一直有種感覺，彷彿自己得了張壞成績單似的不敢回家。媽媽，這肯定在很早以前發生過什麼事情，所以他如今老躲著人，他不喜歡待在家裡，一會兒他就不見了……如今，媽媽，我們買了這棟小木房，又怎麼樣呢？他要是上小酒館去了，那倒好。可是員警隊長對我說，他常常用望遠鏡觀察一個人，那人總是躺在地裡的麥稈堆裡。隊長然後開著他的車子在他的管區轉了兩個鐘頭，回來時，看見我丈夫仍舊躺在麥稈堆裡，攤著兩隻手，睜眼望著蒼天。媽媽，你知道嗎？有條路直通到草垛這兒，有兩條走拖拉機的道路也通到那兒，緊挨麥稈垛前面還有小型直升機起飛過……而就在那裡躺著我那寶兒爺。他躺在那裡連肩膀都快被遮住了……他躲著我跑到這裡來了，只有這裡才有安寧。隊長向我這麼通報說……」

婆婆變得嚴肅起來，她好像有些沉重，不怎麼樂意地回憶著對我講述道：「其實我也曾見到他爬著梯子到牲口房裡去，姑娘，那裡鋪了些乾草，足夠八匹馬四頭牛躺的，他在那裡一待便是好幾個鐘頭。有時，他又跑到下面那片林子裡去，在兩棵白樺樹旁用洋鐵片搭了這麼個窩棚，還裝了柵欄。窩棚沒窗子，他常常待在裡面，爐子裡還生著火。外面出著太陽，而我兒子卻鑽進了黑暗，鑽進這麼一個只能坐著的小窩棚裡……當他還是個小男孩時，就不喜歡回家，常常站在廁所牆角裡，像個沒有爹娘的孩子似的。等到他當了大學生，又經常爬到閣樓裡。一下雨，那洋鐵皮做的屋頂便叮噹響，可是我兒子把木板釘在一起，做成了這最後的角落，那兒有個看得見天空的小窗子，我常常聽見他一步一步上樓梯……實際上他是從啤酒廠逃到利本尼的。爲什麼？大槪也只是因爲堤壩巷那兒沒有陽光，連夏天都得生爐子取暖的緣故。但他逃來利本尼的主要原因是他可以一個人待著，一切都由他自己安排，自己去買，自己去粉刷牆壁……可是現在，姑娘，現在我明白了，他爲什麼要蜷縮到麥稈垛裡，幾乎埋到肩膀？我要說給你聽的已經不能算做荒誕滑稽作品，不過也許說到底還是荒誕滑稽作品？那就是：在我還沒結婚的時候就生下了這個兒子。在那個時候這種事是丟人的。我還記得，那是一個星期天，媽媽忙著做午飯，我對爸爸說我懷孕了，我男朋友現在還不願意娶我。脾氣暴躁的爸爸一把抓住我的肩膀，把我拖到院子裡，然後拿著他的獵槍對著我嚷著：『跪下！我要斃了你！』我嚇壞了，合著手求他……幸好我那明白事理的媽媽走出來，說：『別這樣！快來吃飯，要不就涼了！』……」

5

事情發生在早上，我發現我的寶兒爺躺在地上。起初我以爲他又喝醉了。有時他常踉蹌地跑回來，如果我在上班，他便上床去躺著，就這麼躺上好長一會兒，根本就看不出來他那副踉蹌醉相。他也不胡鬧，相反還顯得很可愛很乖，因爲他躺在床上，還滿臉笑意。可是他突然翻來覆去扭動著身子，呼喚上帝把他帶走，還對我說，在他肚子那兒，在他肝裡，就像有人用滾燙的鑰匙在捅他的肝臟。他剛一說完，便又爬到地上打起滾來，身子縮成一團，又想吐，又往廁所跑。他臉色刷白，眼睛卻顯得特別漂亮。他求我拉著他的手，向我許諾說從今以後要改好，只喝礦泉水，要開始新的生活，又讓我握著他的手，撫摸他。他抱起貓兒亞當，把牠當做飾物一樣擱在腦袋上，可是貓兒卻離他而去，甚至敵意地豎起耳朵，凶得像一匹要咬人的劣馬，然後鑽到了床底下。我丈夫從這裡看到一種預兆：貓兒能預感到牠主人的死亡。於是他又嘔吐了，求我別離開他。他哭訴著，哀歎著，我替他拿來一只小桶。連我自己也不知道爲什麼他得了這場病我反而感到高興。

彷彿他的膽囊聽到我的請求，彷彿他那腫大的肝臟就是對我的好心勸說與警告的證據的一個句點和驚嘆號。我曾多少次求他別喝那麼多，別吃那燻豬大腿，別吃沾了好多胡椒的鹹肥肉。他越是哀叫或是歎息，我越是竊笑，將小桶推到他跟前，他對著它吐得死去活來。當貓兒從床底下走出來時，全身的毛都豎起來，牠朝這個裝著嘔吐物的木桶一聞，忍不住立即從敞開的窗戶跳出去。我按照我丈夫的要求打開了所有窗戶，他一直請求給他放些新鮮空氣進來。我的寶兒爺就這樣開始跟我告別、跟利本尼告別、跟布拉格告別、跟他的朋友們告別……就像他喝醉酒回來時那樣，他喝醉回來總是癡頭呆腦地傻笑著坐到我的腳上，要不是我把腳縮起來，他差點兒把我的腿都坐斷。他就這麼坐著，笑瞇瞇地對我說，有哪些哪些人向我問好：「米爾達，就是那個擊劍運動員向你問好。沃拉吉米爾向你問好，那個瓦夫拉的哥哥大瓦夫拉向你問好，他要在『青年陣線』出書了，馬利斯科和布希爾也讓我代他們向你問好，還有公貓飯館的領班服務員上百次地向你問好，金虎酒家的服務員特別向你問好……」他把他所認識的人都說了一遍，而且都只是向我問好。如今他躺在自己房間裡的地板上漸漸咽氣，躺在地上繼續嘔吐，如今他只是哀歎。當貓兒已經離他跑到屋外，當牠的第六感告訴牠，牠的主人很快會死去時，我丈夫又說出所有他朋友的名字，讓我替他向他們問好，說他在生死搏鬥中仍然惦記著他們：「替我問候擊劍運動員米爾達和沃拉吉米爾，問候本卡希的領班服務員，『兩隻母貓飯店』的兩位服務員，所有服務員，問候我兄弟……」等他說出了所有熟人的名字後，他感到輕鬆了些，於是求我給他一枝鋼筆和一張紙，在嘔吐的間歇期間他開始在地上掙扎著寫他的遺囑，這遺書是這麼開始的：「在上帝召喚我、我將與世長辭之際，我來吩咐幾件事……」他將他所有的財產遺留給我，將他的書留給他的朋友們，將我們在克斯科的小木房留給波拉班·賽米采體育運動俱樂部的足球運動員們，讓他們在那裡集合，就像杜卡拉俱樂部的人在沃諾卡拉西集合一樣，讓賽米采的人比賽前在克斯科二十八號這所小木房裡集合……我來回踱步，站在門邊，望著外面，太陽還沒出來，但在城堡後面那些屋頂上已經能看見一點琥珀色的光芒……寫遺書也是我丈夫的一種嗜好。有一次我們只是坐飛機去布爾諾，他也寫了份遺囑放在桌子上。他要是一個人到外國去旅遊，什麼也沒給我帶回來過，只有一次帶回來一副眼鏡，可是這是在布拉格火車站買的，他還硬說是從倫敦買回來的貴重眼鏡。他的那些遺囑幾乎老是一樣的內容：一切都留給我。要是我們一塊坐公共汽車或小轎車、或者坐飛機去哪裡，他便寫一切留給他的弟弟，書留給他的朋友，小木屋留給波拉班·賽米采體育俱樂部的足球運動員們……從他當了著名作家那時候起，他便擔心他這條命了。在街上甚至只走人行道上的邊石，還不時地往上瞧瞧，看看是不是那屋簷板會掉下來砸到他，又左顧右盼怕汽車什麼的軋著他，彷彿所有橫禍都可能朝著他來，想嘗嘗廢掉一個出名又出色作家的味道似的。當我們後面一座房子裡裝修的人上早班，在那個研究所裡鋸子錘子響個不停、鋸著那些粗大木頭時，當每隔十分鐘緊挨著我們廚房就像有個什麼重東西掉下來轟隆一聲巨響時，我們的房子就得震動一下。每隔幾個鐘頭便有一聲更大的巨響震得牆表層都掉下來，泥瓦工每個月都要掃一大堆出去。當響起第一聲轟隆，研究所樓裡那根分成兩半的大樑掉下來時，我丈夫正好寫完他的遺書，同時他的膽結石那股疼痛也過去了。他站起身來，全身無力地移到床上躺下。我將嘔吐的東西提出去倒了，幫他端來一盆乾淨的水，幫他洗了把臉，擦擦胸口，然後叫來貓兒亞當，我摸摸牠，將牠抱起來在門邊站了一會兒。貓兒像往常一樣假裝暈過去，我們輕聲地親熱一會，然後我將牠送到床那兒。我那擦洗得乾乾淨淨的丈夫正閉著眼躺在床上，他這時看去真有點像個死人。我將貓放到床上。我丈夫伸出手來撫摸牠，貓兒搔了一下他手心，然後嬌里嬌氣哼哼幾聲，蜷縮在他頭邊的枕頭上，抓著他的手指頭，嘬著嘬著甜甜地睡著了……我丈夫睜開眼睛，對著我微笑，我則皺一下眉頭。但我知道，我的寶兒爺活過來了……

我們這座樓裡舉行了婚禮，住在我們樓上外廊裡膽怯的英達結婚了。就是那個老躲著我，實在躲不掉就滿臉通紅的人。可是自從他把我丈夫當做偶像崇拜時，便開始喝酒。他找了一位漂亮的姑娘，維也納的小圓錐體型。他只要一喝醉，便對她大喊大叫。我不怎麼認識英達。他跟我一樣，先在教堂貼了張舉行婚禮的通告，然後就結婚了。婚禮是在什羅斯貝克的一座小宮堡裡舉行的，然後在世界飯店辦的婚宴。婚宴之後，客人們到新房來爲新婚夫婦舉杯致賀。當下午大家紛紛離去之後，喝得醉醺醺的英達穿著那身婚禮服，佩戴著桃金孃花，笑嘻嘻地走下來。我們的亞當立即從窗口躥出去，被這個喝醉的英達嚇得待在院子裡發抖。英達手裡拿著一瓶伏特加，另一隻手拿著幾只酒杯，他被酒燒得滿身大汗，在我們家坐下來，倒上酒，放在我丈夫面前說：「赫拉巴爾先生，我是您的學生，您給我指出了道路，讀了您的書，我又重新成爲了人。現在我誰也不害怕，請您乾一杯！」我丈夫又開始嘔吐，就像患了暈車症，他拍拍英達的肩膀，將他帶到門外，祝賀他，並向他鞠了一躬。可是英達在爬樓梯時，爬到第四級便滑下來，睡著了，穿著禮服睡著了。我看到穿著一身雪白的新娘子艱難地將英達一級一級往上拉，拉上一級又接著拉。新娘子很壯實，跟維也納姑娘一樣像個圓錐體，她一直把他拉到樓上才將他放下。院子裡沒有一個人，也沒有人從對面窗戶裡看他們。她將簾子往空中一掀，自己靠在外廊柵欄上。很美的一幅圖畫，在我們這座搖搖欲墜的破樓站著這位年輕的新娘，一位像刊登在雜誌上的新娘，我不禁對她微笑了……

到頭來我還是高興我丈夫從別什江搬來這塊鏡子，並用螺絲釘把它裝在我們房間裡的牆壁上。這鏡子有一米高、三米長。每當我跨進我們的院子，要是窗戶開著，我就能看得見自己怎樣往家走，我還看見自己怎樣從陽光照耀中消失在院子的陰影裡，我從我們房間牆上的鏡子中看見了我自己。隨後，我便消失了。等我走進家裡，即使外面有太陽，我也得打開燈，屋裡影子黝黑，而且還有些涼意……要是我丈夫不在家，我便在鏡子前面走來走去。有時我叉著手，仔細地端詳我自己。這塊鏡子從我小時候就跟著我，當我還是個小姑娘的時候就照過這面鏡子。後來我長成大姑娘了也是照這面鏡子。在我們被帶上平板拖車去收容所之前，我從這面鏡子裡看到爸爸漸漸離去的背影……後來，當我們在別什江重新開始生活，這面鏡子不僅照見過我的生活，而且還有我爸爸、我弟弟海尼的生活。我們大家曾盼望著全家共著一本護照去德國，可是只有我爸爸和媽媽得到許可，而我和海尼因爲上的是捷克學校，不得不留在這鏡子裡、留在家裡。我從這鏡子裡望著爸爸離家上火車站去，我只見到他漸漸離去的背影……後來，我們站在火車站……然後火車……再後來我們哭了。等我們回到家裡，這面鏡子裡便只留下了孤苦伶仃的海尼和我……後來我在別什江的這面鏡子裡最後一次看見自己。當我已經不再想活在這世界上，當我覺得這世界的一切都變得醜惡的時候，我望著這面鏡子，我從自己的眼睛裡看到，我不能再活在這世界上了。就因爲這種對一個愛情失敗的女人的世俗眼光，我也沒法活下去了……那一次我在鏡子裡望著自己，抓了滿滿兩把藥片，望著這面鏡子。

在我的形象變得模糊不清之前，在我暈倒過去之前，突然我好像大喊了一聲，在強烈的燈光下，我在這面鏡子裡看到了幾乎代表我一整生的所有情景……

如今我常在鏡前漫步，照一照自己，在這利本尼，在這永恆的堤壩巷。就像我丈夫說的，從他出了幾本書的時候起，他有一個印象，他將註定永遠待在這堤壩巷了，我也一樣。在這兒、這面鏡子裡我總怎麼樣也看不厭自己的身影。要是我丈夫在我跟前，我從來不往鏡子裡看自己一眼。我得獨自一人來照鏡子，我經常看到自己是多麼地不精心打扮。想當初，我曾經去過日什科夫我前男友伊爾卡的媽媽那裡。如今我已經忘了這個伊爾卡，也忘了他的吉他，甚至忘了他為我演奏的所有那些西班牙吉他獨奏曲。可是後來，從維也納的姑姑碧辛卡那兒往日什科夫寄來了唯一的一封信，這封唯一的信擦亮了我的眼睛，使我感到羞愧。從收到這封信的時候起，我開始注意打扮自己，我買了那雙紅高跟鞋和新衣服，因為我姑姑從維也納來信說：「既然你不想讓人家把你當成一團馬鈴薯泥，你就應該努力讓人家把你看成巴黎蛋糕。」於是我便成了巴黎蛋糕。我每天都照鏡子，好讓我在出門之前真的打扮得像個樣。每當我夾了睫毛畫了眼影，我照鏡子時近得像在聞那面鏡子。從我到維也納去看望過卡雷爾的時候起，我也經常想著碧辛卡姑姑……在我從維也納回來半年之後，我那位善於將自己打扮得如同巴黎蛋糕的碧辛卡姑姑到店裡訂做了一件新的打褶的尼龍綢衣裙，是參加舞會穿的。耶誕節晚上，她裝作對聖誕樹表示驚訝的樣子，匆匆從燒著柴塊的壁爐前跑過去，她戴著的小頭巾著火了，那件打了褶的巴黎式尼龍衣裙、飄著的尼龍長巾……還有假髮都著火了……直到現在，碧辛卡姑姑彷彿也常常和我一道來回走過我這寒冷的房間。每當我端詳自己，我似乎常常看見我那姑姑在我的身後探出的頭，那還是我在小時候最後一次看見她的模樣。以後我只是根據照片才認得她……可是現在，在利本尼，在永恆的堤壩巷，她彷彿仍然在我身後探著頭。我聽見她在輕聲對我耳語：「你必須總是將自己打扮得跟巴黎蛋糕一樣美麗可口……」

我的寶兒爺喜歡在這鏡子裡照一照，可他從來不坐著照，而總是在鏡子前邁著步端詳自己。他盯著自己看上好一會兒，然後走來走去，琢磨著自己。我好幾次看見他這樣，我回家時，從院子裡就看見房裡亮著燈，鏡子旁還掛著個吊燈，所有的傢俱也都映在鏡子裡，院子裡如有哪一家辦喜事，從院子裡看去我們房裡就像擠滿了人，這是所有賓客在我們家鏡子裡的再現。可是我丈夫，如果只有他一人在家，他會是另一個樣子來端詳自己。他似乎在細看自己老了多少，他細細觀察自己的眼睛，他的兩個手掌與鏡子裡的手掌對撐著，敏銳地觀察著自己，他總也看不夠自己……我看到，這麼細細觀察自己的人，是因爲他知道自己患有重病，是因爲他知道也許一年內就得死去。我的寶兒爺就是這樣照鏡子觀察自己的。等他的膽結石好了，他還是不相信自己，常在鏡子裡研究自己的狀況。他常常用指頭掀起他的眼皮，看看有沒有黃疸病跡象，他摸著嘴邊的皺紋，他那塌陷的臉，摸著他的黑眼圈。他從來沒有對他在鏡子裡的這張臉表示過高興，而且常常相反，他變得越來越嚴肅，擔驚受怕。我丈夫不僅喜歡自己擔驚受怕，而且也爲別人所發生的一切事情擔驚受怕，因爲我丈夫總把別人身上發生的事情當做他自己發生的事情一樣……

在他的膽結石沒再發作這段時間裡，他也只喝一小口啤酒，連一小塊肥豬肉也不敢吃。我丈夫本來愛吃烤臀尖和豬大腿，如今他只能吃煮牛肉，走路也慢了。如今我總走在他前面，以前我總走在他後面離他三步遠，如今我走在他前面了，我回過頭來吼他一聲：「你幹嘛走那麼慢啊！」但我心裡並不因爲這個而感到高興，相反，我生他的氣。因爲我知道他已經什麼病也沒有，是他的膽結石把他嚇壞了。我丈夫那時簡直爲他還能活在這世界上而感到驚奇，他經常安慰那些重病患者要如何如何，可他自己，實際上已經沒病卻還嚇成這個樣子。他成天摸著肚子，還老愛到阿丹姆大夫那裡去打聽他的血液情況。可是阿丹姆手一揮，笑了笑，對我丈夫說他已經什麼事也沒有了，說他跟所有其他這類病人一樣還沒到動手術的時候，要等到那塊石頭需要動手術的時候再說。因爲從我丈夫的血液化驗中根本沒有什麼癌症或肝硬化之類的跡象。可是我這位寶兒爺，每次從大夫那裡回來都要到鏡子前看呀看的，硬說他從大夫眼神裡看出他在瞞著什麼，不願說出眞實情況。說大夫跟護士打著耳語，等我丈夫一轉過身來，阿丹姆立即停止了背著他時講的悄悄話……

就這樣，這個給予所有人以樂觀主義的人，這個跟沃拉吉米爾風風火火走過大街小巷和各個飯館酒家的人，這個略微有點醉意但總是滿臉微笑，誰見了都要回頭再看一眼的人，如今卻像受了驚嚇一樣走在大街上，有時甚至回頭四下裡張望，常被什麼東西或什麼人嚇得戰戰兢兢，總像做了什麼錯事一樣心裡不踏實……我在他面前邁著步，這可算是我精力最旺盛的時期。我穿著最漂亮的衣服，即使天氣晴朗，我也拿著一把雨傘。這是我丈夫有一次跟沃拉吉米爾一塊兒喝醉酒買回來的，他一次買了兩把，一把藍色綢子的，一把粉紅綢子的。其實這也不是買給我的，而是我丈夫爲他自己買的。他那次從飯館裡出來，被一家櫥窗吸引住了，於是走進店裡。有一次他看見了運動帽，雖然是冬天戴的，可是在夏天就開始賣了，他一下買了四頂，非常昂貴的毛線運動帽。另一次買回來兩條蘇格蘭圍巾，他從來不圍圍巾，但硬說他的襯衫是敞領的，不圍圍巾就要感冒……也就是那一次他還帶回兩把雨傘，一把藍色一把粉紅。外面老大的太陽，他卻帶著兩把雨傘進了院子，說是送給我的。可是在這以前他們已經帶著這兩把雨傘跑遍了布拉格各飯館酒家。他們感到很幸福，因爲他們兩人拿著這兩把雨傘便引起了人們的注意，成了風頭人物，成了天下第一人……我則買了兩雙一樣的鞋子，紅色的義大利高跟鞋。如今我正是穿著這雙鞋子在跨著大步，我丈夫走在後面，慢騰騰的像隻有病的小狗跟在後面。他不時地回頭，左顧右盼，眼睛非常憂鬱。他輕聲告訴我說，就在這一帶，他瀏覽過登記死亡的地籍簿，感覺到死神在怎樣地注視他，說他早就讀過這本地籍簿，但只是讀過而已，可是現在，當他如此重病一場，幾乎一命嗚呼時，便實實在在地看到這一切，看到這死亡在大笑著用望遠鏡注視著他……

6

有一次他獨自一人到布爾諾—日德尼采去探視他外婆、外公以及他波普舅舅的墳墓，最主要的是想到巴爾賓卡他出生時那所房子裡去住兩天。現在他的表兄弟伊希克住在那裡，他跟我丈夫一樣有著一張公貓臉、高顴骨，長得跟阿瓦爾人⑳和韃靼人㉑差不多。就像我丈夫所炫耀的，他到日德尼采墳場下方這所房子裡來，是爲了能沿著那盤旋

⑳其來源和語言均未能確定的一個民族，西元六—七世紀在東歐起過重要的作用，原居高加索，後來介入日爾曼部落戰爭。六世紀下半葉以匈牙利平原爲中心建立帝國，八〇五年被查理曼大帝征服。

㉑講突厥語的民族，主要住在前蘇聯伏爾加河中段及其支流卡馬河沿岸，後來泛指亞洲大草原或沙漠上的一些部落或所有遊牧民族。

樓梯爬到閣樓裡去。伊希克將原來房間裡和廚房裡那些舊傢俱都收在這個閣樓裡，因爲他不喜歡這些舊東西，已經買了現代傢俱。那是我丈夫兒時住過的地方，他就出生在其中的一張床上。還有這些畫像，如今都臉朝牆扔在閣樓裡。這些聖像都捆成卷，等著哪位親戚來把它們拿走……我丈夫又將這些傢俱擺到原來的位置，當時他坐在一張罩著紅天鵝絨布的小桌子邊，桌上擺著一本天鵝絨封面的相冊，裡面裝著我丈夫所有先輩的照片，就像十一位足球隊員一樣坐著的高顴骨男男女女，美女和宗教法庭審判官式的男人，這個飽經風霜的大家庭。我丈夫一一撫摸著這些東西和傢俱，再一次看看那些聖像，那是他孩提時最早看到的畫像。那時他還是個躺在搖籃裡和剛會走路的娃娃。這裡還掛著那盞吊燈，點煤油的……當我丈夫告別這一切回家時，帶走了一個裝調料的小櫃子，上面有好些小抽屜，每個抽屜上都貼著標籤：薑粉……胡椒……新調料……還有一個裝香草的特別抽屜。他把這櫃子帶回來，放到我面前說：「這只是拿個樣品給你看看，讓你知道我們的閣樓裡存放著一些多麼漂亮的東西和傢俱。那是我還是三歲小孩時用過的傢俱。後來我長大了，每個假期都住在那裡。」他說他得把它們運過來，說我們要搬家，買一所這樣的房子，裡面有一間自他來到這世上之後首先看到的臥室和廚房。

我那寶兒爺可真神，在他康復之後，大笑著給我講了他在波爾納溺水的事兒。他之所以講得這樣活靈活現，是想讓大家羡慕他，讓人們堅信我丈夫即使在溺水這種事情上也是第一名，也是共和國冠軍、世界冠軍。他從日德尼采回來後，便去了波爾納，想看看啤酒廠，以便了解一下他曾經去過的一個廚房。他曾坐在那個廚房裡的一張小椅子上，整個世界都隨著他轉個不停，因爲他在三歲的時候曾經醉得解不開鞋帶。他認出了裡面裝著整天喧鬧的中、小學生的那扇大門，那裡曾經是一所中學和一所小學。他也認出了哈蘇卡老闆的那家糖果店。但更重要的是他想瞻仰他曾掉到裡面喝了幾口水的那條小溪。他那次溺水驚動了整個小鎮，大家都以爲他淹死了，孩子們給他送來了放進棺材去的小畫片……如今我丈夫就站在這條他曾經掉進去的小溪旁，他曾第一次嘗到死的滋味，這是個非常不幸的偶然事件。如今他待在這裡，不無遺憾地感到這死神直到現在才向他走來，來到利本尼，就像每次死亡一樣來得不是時日……後來，他又整整一下午站在波爾納的廣場上，在砂岩那兒尋找從水池裡映照出來的太陽。在他五歲的時候，爲尋找這太陽他差點兒淹死在這水池裡。那是個星期天下午，有位坐輪椅的太太從窗口看到他，坐不坐輪椅這點倒不重要，主要是當所有的人都坐在家裡享用星期日午餐時，惟獨她沒去吃，因爲她正患膽囊炎，便從窗口看到這個小男孩掉進水池裡。於是我丈夫便體驗了生後夭折、死後復活的這種滋味。是米哈列克博士將他救上來的。這位博士曾經在普舍齊納森林中發現過一個名叫安涅什卡・赫魯卓娃，割斷了喉嚨的女屍。這就是我丈夫哈哈大笑著向我和好些人描述的他那些死亡經歷。

後來，我的寶兒爺和我一道去過寧城。他曾在那裡度過他最美好的年華。這段時光使他總覺得自己是紮拉比河畔的人。他領著我一個勁兒地遊覽那些從他六歲一直到現在仍舊沒變的街道和房子……我得跟著他走在那些直冒臭氣的土牆四周的小街上，我得仰著腦袋觀賞那賽采賽風格的水塔。塔頂上原有個特大的鐵欄杆，活像一頂大皇冠，不過如今它已不在塔頂上，而是躺在水塔旁邊地上讓人撫摸。我還得一根一根觸摸那石橋上的欄杆、那石頭結構，因爲他小時放學回家，總是用指頭觸碰著它們往前走。我還得跟他一道走進聖伊希教堂，因爲那是他當小學生時常來的地方，因爲宗教課老師尼克只給禮拜天上教堂的學生加分。我丈夫說他喜歡上教堂。後來我丈夫又將伊茲德茨克街上一個帶欄杆的平台指給我看，說學生們曾在那平台下面等著詩人馬利斯科在即使出太陽的時候變「下雨」的戲法。後來我們又站在一扇通向古代刑訊室的文藝復興式的大門面前；再後來便來到那扇通向舊教區牧師住宅的大門前面，這扇門永遠關著。我和我丈夫從門縫往裡看，只看到幾座雕塑和園子裡幾根毀壞的籬笆樁，倒在地上的一塊小碑，還有一座高大的紅塔。後來我又站在那兒看了教長的花園。我發現我丈夫越來越爲指給我看的一切而感到興奮。他從來不往他指給我看的地方看一眼，而只是看著我，看我的反應如何。而這裡的一切我都沒經歷過、沒見到過。我拿著雨傘繼續往前走，只是不停地表示我的驚訝：「眞的嗎？這可能嗎？哪有這樣的事？……」他甚至把我帶到啤酒廠。我對這裡感興趣的是：他的爸爸媽媽曾經在這裡生活得如何。他們的心一直還留在這裡，因爲在這裡他們曾經有過一段幸福時光，就像我的幸福時光曾在霍多寧，直到戰爭結束一樣。可是那座供窮人住的廉價房只是表面上比較漂亮。這裡曾經住著另外的人，有著另樣的生活方式。好像這裡曾經住過好些貧民戶，大門邊就是牲口棚。當我們朝院子裡一看時，我丈夫的情緒便一落千丈。瞧那裡面亂七八糟的，到處亂攤著牲口圈、生銹的工具和無用的東西。我丈夫想要指給我看的是那些長著長生草的漂亮屋頂，從那兒可以見到四周風光的屋頂，在那第五層樓處，冷藏庫上的屋頂，發酵房上的屋頂，我丈夫如今壓根兒再不敢爬上去了。因爲在這個對我丈夫來說無比榮耀的啤酒廠如今已經完全成了另一個樣子。……「我這是最後一次來了。」他對啤酒廠說。之後我們回到城裡。我丈夫沈默不語，突然像從夢中驚醒，四下裡看一下，俯身於欄杆，望著有一米深爛泥的河岸，望著他童年的這條河的河面，也已經完全是另一個樣子，河水黃得像檉木樹漿……突然，到了橋的末端，我丈夫搶到我前頭，像他以往那樣跨著步，回過頭來。他的臉上又露出一種放肆無禮的笑容，就像他向我講述過的：哪個男孩如果見到他這種笑臉，便會立即從自行車上蹦下來，給他一個耳光，然後便心安理得地認爲這是對這種無禮詭笑的一種回報，他們之間就算擺平了，然後跳上自行車繼續走他的路……

我丈夫愛說他自己的性格一天要變好幾次，他說他幾個小時地微笑著，自己覺得好像贏了上百萬；然後又幾個小時地苦著臉，像聞了臭屎堆似的。說他的性格像四月天，說他像個沮喪型的瘋子，好幾個小時不僅對自己而且對別人暢談美好前景，爲的是在後半天來思考不再活下去的問題。喏，就這樣，他可理直氣壯地認爲他有這樣的性格，可是我就必須時時有好性子。他也看出來，我的性格也有點像小孩，也是四月天氣一會兒晴一會兒雨，於是他一會來給我上課要我注意心理平衡，一會給我念塞內加㉒有關內心寧靜的章節，他容不得我安靜地休息一時半刻。

直到後來我才明白一件事：有一次我回家時，從院子裡便看到，他坐在鏡子前的椅子上，前前後後起碼對著鏡子照了一個多小時，他正努力想透過鏡子來瞭解自己，就像

㉒塞內加（Lucins Annaens Seneca），西元前一世紀一本拉丁文論雄辯術著作的作者。

他樂意回到他的故居寧城，又從寧城回到波爾納，再從波爾納回到他的出生地日德尼采一樣，他一直在對自己提出責難。這是我對我丈夫唯一尊重之處。他對他自己總是有一種非常壞的看法，他仔細琢磨過去發生的所有事情，這些事使他飽受驚嚇。他曾經像一座荒蕪房屋的破門爛窗，像一口下了毒的水井，拼命地用一些縱橫交錯的板條將它們掩飾遮擋起來。也許正因為這樣才在內心深處深深同情那位受了傷害的小姐；正因為這樣他才如此熱愛鮮花，從最先開放的雪花蓮到秋冬的水仙他都喜歡。他喜歡漫步、淌水，在克斯科的林子裡、草坪中遊逛好幾個小時，而且總要帶來一束花。我丈夫的手指頭已經有點兒僵硬，因在克拉德諾鋼鐵廠幹活被鐵鍬磨損得已經不能完全伸直了，可是每當他去採花，總是呆頭傻腦的帶點孩子氣，只摘那些不長在一起的單枝花朵。他不喜歡買來的花，他自己也從來不買花……因為他覺得從雪地裡採來第一朵雪花蓮是一種榮耀，像去接受什麼神聖的天賜寶物似的。這時，不許我跟他說話，也不許我看他。每當他在做一件他認為美好的事情時，他容忍不了我的目光，他想完完全全自個兒去做，才感到自在滿意。而我自己從來沒採過花，我跟花無緣，我在家裡種的花，一朵也沒開過。在別人家的窗台上百合花開得好好的，我們的百合連個花苞也不長。在別處能開的同樣的花，一到我這兒就不行，連傑里科㉓的玫瑰也是這樣，甚至連西番蓮也不開。彷彿這些花就是我，代表了我的命運。我丈夫曾經對我這樣暗示過，他還為我們沒有孩子，我們家連一朵花也不開而擔驚受怕。他還問過我，是不是有孩子放在什麼地方寄養著，我們可以把他要過來，在家裡雖然談不上有多快活，但總會比現在好些。我把他連同這些問題攆得遠遠的。

我丈夫帶回一大把雪花蓮、黃花九輪草，還有一大抱鈴蘭花。他剛從森林中來，全身散發著一股清香味。他得意洋洋地帶來這些花，就像他洋洋得意把貓兒亞當抱到林子裡去一樣。我們那隻膽小可憐的貓，不喜歡森林和草地，牠只愛利本尼那座院子、那個屋頂、那排板棚和上門檻那兒去。我丈夫像抱著一束花一樣得意洋洋地抱著這隻貓，將牠摟在懷裡，告訴牠這叫什麼花、那叫什麼樹，讓牠聞一聞，還得讓牠碰碰樹上的小枝幹……當白樺樹枝和落葉松開始發綠，他便用一朵朵花配上葉子和白樺枝松枝紮成花束，而且總是用一根粗粗的繩子，不是什麼秀氣的細繩或絲帶，一圈一圈地捆得緊緊的……在做成一把把花束之後，便分送給別人。給我一束，其他的便送給克斯科的漂亮女

㉓約旦一城市。據《聖經》稱，猶太人以鼓聲摧毀了該城。

士們。那些年輕太太們也和他、和我以及所有小木屋的主人及他們的朋友們一樣，週末到他們的木屋來休息。而這時他總是想起自己的外婆，那位在日德尼采也有一座漂亮花園的卡德辛娜。她的暱稱多著哩：卡笛娜、卡佳……外婆花園裡的花多得一年四季都有得開，從鈴蘭花到紫菀，到冬天甚至還有銀色菊。她總是用這些花紮成一把把花束。他外婆跟花簡直有種奇特的因緣。她最愛的就是花，她把她的信仰映印在花之中，她愛基督和聖母瑪利亞就像愛她的親人一樣，她覺得他們並沒有死，而是永遠年輕。就像他所說的，他的外婆最愛那長得像一顆顆小小的心一樣的荷色牡丹、勿忘草和芍藥，其次還有安東寧聖人手裡總拿著的那種聖百合花。

……我丈夫喜歡秋水仙，對它的美驚歎不已。他常常在春天將草地上剛剛長出來的那些深綠色葉子指給我看，說這是秋水仙的葉子，這些葉子將會枯萎。不過一到秋天，當再生草被割掉，遍地就開出一種紫顏色的花來。我丈夫將它們拔出來，小心翼翼地將這些凍僵的花兒捧回家。但他從來不把這種花捆成一束，而是輕手輕腳地將它們放到一個裝了水的玻璃瓶裡，這些秋水仙就能開上整整一個月。花爲紫色，莖稈幾乎透明得跟玻璃棒一樣……丁香花開的時候，孩子們便折下一整枝。我丈夫便用那剩下的小碎枝紮成花束。當孩子們像拉扯貓尾巴一樣淘氣地折斷一根柳枝時，我丈夫便像清潔人員一樣用剪刀將這些殘枝修剪好，放到小罐裡、洋鐵盒裡或啤酒罐裡養著。可我丈夫從來不喜歡接枝的丁香，他總喜歡普通丁香。那些開在鄉下墳地裡、開在農家荒蕪的園子裡、院子裡的丁香，這才是他眞正心愛的丁香，藍色的丁香、哭斷腸的丁香。他的黑髮姑姑捷諾什科娃就有著這樣一雙眼睛，一雙像聖母勿忘草一樣淺藍色的眼睛。……每當我丈夫拿丁香回來，我就知道，他會說，「這是我眼睛的顏色，我年輕時候就有這樣顏色的一雙眼睛。」我什麼也不說，裝做沒聽見的樣子望著院子外面，其實什麼也沒看見，可是我裝作看到了某個使我格外感興趣的東西……

我丈夫和他寫的東西，簡直亂七八糟、一塌糊塗。他根本不注意寫作風格，也不去下功夫。我對文法就知道得很少，可是我相當有把握地知道，我丈夫實際上不怎麼會用捷克文寫東西，我覺得他寫的東西像從外文直譯出來還有待加工的素材，只是隨隨便便描繪出來一件事情，還需耐心地加工修飾。可我丈夫還恰恰以此爲榮。他爲他的作品是未完成的半成品，他爲牆面老是剝落、露出禿壁、磚頭碎裂的這種現象而感到興奮。我丈夫的這種文風很像布拉格的院子，像到處亂放著支撐架的殘骸，像那些滿得都已經堆到垃圾桶外面來的垃圾。我丈夫寫的東西就是這些用不著、被遺忘的、剩下的舊材料、零件、鐵絲、暖氣片，是每個星期日運到垃圾場去的東西；我丈夫寫東西，就像他自己所說的，他寫出的那些畫面就像哈爾法周圍那些院子、垃圾焚燒站的破窗框、切卡德㉔的破鋼爛鐵；我丈夫寫東西就像工人穿衣服一樣不講究。他喜歡到哈爾法、到布拉迪斯拉發飯館去吃午飯，在那裡久久坐著。「這美好的一切都已成過去了。」他對我說，「那種每個工人穿著洗得特別乾淨、洗成了淺藍色的工作服上班的星期一早上已經一去不復返了。如今工人們的工作服要穿到開始破舊，讓鐵絲剮得一個個洞才算夠。有些工人就穿著這樣的工作服到維索昌尼各個飯館裡用餐或吃小吃。」說他們像穿上小丑服的國王。他對我說，這是一種時髦。這麼個穿法，就像把去那些糟糕的男小便池、去那些可怕的廁所也當做一種時髦一樣。我丈夫見了這些廁所都害怕，簡直恐懼。可他如今只要一有空，就到哈爾法去，不僅要去光顧他常去的那兩家飯館，而且首先要繞著所有工廠、大院小院轉一圈。他還得自己一個人去到這些地方。這種荒蕪，這種所有一切乃至工人工作服的破爛不堪，使他那樣地聚精會神，心裡清楚和著迷。可那些穿得破破爛爛的工人，只等汽笛一響，換班時間一到，便洗得乾乾淨淨，穿得漂漂亮亮從這些工廠、廠房走出

㉔布拉格一家機器製造公司的傳統代號。

來，彷彿被一根魔術棒指揮著完全變了一個樣。他們穿著牛仔服，五顏六色的短外套，坐滿小飯館小酒家，喝著啤酒，笑容滿面。我丈夫說，這些上工時穿得最破的人在維索昌尼、在利本尼都有漂亮的房子，高級地板。這些工人一回到家，先在前廳換鞋子。他們不僅有個漂亮的廚房，而且還有個舒適的餐廳，連小孩也有單獨的居室。這些工人喜歡穿得漂漂亮亮，他們有浴室，講究的洗手間。可是當他們一走進維索昌尼和利本尼的工廠、廠房來上班時，便又掏出那套滿是塵土、破得掉渣的工作服，他們去廁所時，也不在乎這裡的小便池和堵塞不通的大便池有多臭……

7

……從我婆婆對我所講的一切，從他自己向我講述過的一切當中，我有了一幅關於我丈夫的奇怪畫面：他這個人很容易受環境制約。時代一變，我丈夫也跟著變，他甚至把它看成是自己的裝飾、長處，不僅看做是自己的生活方式，而且還是自己的寫作風格……「他最早寫的那些詩是我唯一喜歡讀的，那麼脆弱、溫柔、羞澀。」婆婆說，「他寫這些詩，是因爲他愛上了一位十六歲的姑娘、國營工廠裡一個工人的女兒伊辛卡，他們家在槳拉比有一座小房子。這就是他的初戀，他的初戀脆弱得在四年之後完全破碎，因爲這位姓格奧吉娜，的姑娘美得讓我兒子生了病。」我婆婆回憶道，「他受不了這個美。他害怕美麗的姑娘，一見到美麗的女人、姑娘，便會嚇一大跳，發高燒。跟格奧吉娜在一起待上一刻鐘他便發燒、臉紅、講話結結巴巴下句不接上句，除了格奧吉娜他什麼別的也不能想了。到後來不得不請位大夫來給他看病，因爲這張漂亮的小臉蛋使他睡不著，老出汗。我都不知道他怎麼還能學法律。」婆婆回憶著，「上大學時，他中午便立即從布拉格回到家裡，整個下午只跟格奧吉娜在一起，只在易北河岸散步。我曾經想讓他們一道去參加些社交活動，可是他們說：『這樣就足夠了。』禮拜天一到，我兒子便跟她上城裡的集體散步長廊去散步。他一清早便自己熨褲子，自己擦皮鞋，連鞋跟都抹上了鞋油。然後刮上好半天鬍子。因爲他晚上把頭髮睡得亂蓬蓬的豎了起來，於是便使勁往頭髮裡倒髮油，接著用梳子梳、刷子刷，而且是很密的刷子。然後還得戴上壓髮網，壓上整整一個鐘頭，或者戴上一頂用帶子繫在下巴底下的黑帽子，就像那個時候游泳運動員時興戴的那種帽子。然後還得花好長時間挑選襯衫、領帶。他換了多少次領帶和襯衫啊！他有好幾套在布拉格訂製的漂亮衣服，還有從布拉格買來的鹿皮手套，從捷卡恩名店買的灰禮帽，那頂最貴的禮帽，繫了一根黑絲帶的灰禮帽。我連看他一眼都不行，否則他就對我大喊大叫。我看到我兒子是多麼地懼怕那集體散步啊！他雖然上那兒去，可是他彷彿被他自己嚇著了，他彷彿覺得自己配不上格奧吉娜這位只穿了件用別針別住衣裙的城郊姑娘。等他從集體散步場回來，脫下外套，只見他的襯衫全溼透了，即使在相當涼的初春或秋末，他一脫下外衣，也總要站到扭開的水龍頭前面沖洗他的腦袋好半天……

「看來他是在重複我的初戀。我曾經也這樣愛過。我的初戀，曾經是我的一切。初戀就應該是這個樣子。可是我懷孕了，我當時連自己也不知道發生了什麼事情，我被自己的懷孕驚呆了、嚇壞了。我輕生過，我因爲這初戀，這肚子裡的孩子而不想再活了。

我感到見不得人，我崩潰了。直到——我已經對你說過一次，後來，我跟家裡說了，爸爸想斃了我，只有我媽媽說了一聲：『快來吃飯，要不星期天午飯要涼了！』我的初戀使我受那麼大的罪！我羞愧極了，我恐懼得要命。那時在奧地利沒結婚便懷了孩子是件很丟人的事。我這個兒子實際上是延續了我的命運啊！我那種對愛情的恐懼感、那種害怕、那種我無力消除的卑賤感都轉移到了他身上。在我一整個人生中，我的初戀也就是我的過失。所以他才會因他的初戀傷這麼大的元氣。他將自己關在房間裡，一字一字地打出他的處女詩作。只有在這小斗室裡他才找到了一丁點安寧。可是他這些最初寫出的小詩，他的這些小冊子，就跟他對格奧吉娜的愛情一樣，他爲這些詩而感到害羞、臉紅。每當他膽怯地將這些詩拿給人家看的時候，眞好像不得不將與他交往了一年的姑娘介紹給人家一樣，又好像那次把與他交往四年的格奧吉娜帶到我們家那樣害羞。不是爲她，而是爲他對她的愛情、爲從我這兒分走的愛而感到害羞。他覺得這愛情雖是一種巨大的幸福，但同時也是一種罪過。這期間他很注意自己的打扮。他講究穿著，但這是爲了格奧吉娜。他想把一切弄得更漂亮、再漂亮些，能有更漂亮的領帶和鞋子，這一切也都是爲了格奧吉娜。可是在他有了這一切的同時，在他穿好戴好打扮好的同時，他又感到失望，因爲他想讓自己成爲另外一個樣子，成爲他永遠也成爲不了的那樣子，像科涅奇尼老師那樣，像到我這兒來過的年輕演員那樣，像那些懂得交際、善於談吐、舉止文雅、連抽煙的姿勢也很標致的美男子那樣。這都是使我兒子精神崩潰、臉紅的原因。他從來就不善言辭，一張嘴便跑題，然後就悄悄溜到他的小房間裡去罵自己一通。對著鏡子罵，說自己最好是別活在這世上，就像他那時一直讀著的那本《少年維特的煩惱》上寫的那樣。……就這樣，我在家裡供著這麼兩個大爺，一個是我丈夫弗朗茨因，他在我面前也總是萎靡不振，說我漂亮，他與我的美沒法相比，與他對我的愛無法協調起來。我兒子跟我丈夫的心態一模一樣，這兩個大老爺們一見自己的老婆在他身旁，本應高興，但卻反而會六神無主，兩個人都一樣。只有當他們僅僅是獨自跟他們的愛人在一起時，那都是挺高興的。可是他們容不得有人朝他們這些普普通通的女孩兒們看一眼，更不用說跟她們跳個舞、聊個天了，那他們馬上就會想到自殺、或拚個你死我活。我這兩個大爺都有些妒忌心，都夠自私的！到頭來這初戀就成了麻煩、不幸，美麗的不幸！

「……有一次，格奧吉娜一個人出去跳舞，到波傑布拉迪喝午茶，一個眼旁有塊紅斑，額頭上有塊胎記的青年男子愛上她。從此格奧吉娜便再也沒到我們家來過。我兒子因而病倒了。他病了半年睡不著覺，瘦成了個皮包骨。這簡直是家裡的極大不幸，就像我那次遇到不幸那樣：當我初戀的人負心與別人結婚時，我賭氣嫁給了愛我的弗朗茨因。」婆婆給我講述著這些往事。我從沒想到跟我生活在一起的這個男人竟然跟我的繼父彷彿是同一個模子裡倒出來的。我丈夫，當我讀了他早期那些詩歌時，真沒想到他竟有這麼強烈的感情。我相信我婆婆的話：我丈夫那時雖然非常純眞，但也正因此才什麼用也沒有。因爲那時他想得到的太多，到頭來反而什麼也得不到……

有一天夜裡，我們從利本尼橋上走過，在索列爾車站那兒從電車上下來一位女士，她後面跟著一個男人、一個年輕運動員。他在車站給了那女人一個耳光。我急忙說：「我們快到熱特夫去吧，別管這些事！」突然從電車上跑出來一個小個子男人，這人我們在廣場街常見到，他是一名煤氣水暖工，白天他總穿一身工作服，跟我丈夫一樣頭髮很稀疏，但是從耳朵這邊橫過頭頂一直梳到腦袋的另一邊，而且總是抹著髮蠟，好像一把貼在腦袋上的刷子。他脖子上總像畫家一樣綁著一塊帶色的小薄巾。到了晚上便換上各式T恤、短上衣，而且總穿雙特別的皮鞋、帶色的襪子，走過廣場街四下裡看看該給誰嘗嘗他的拳頭，一個地地道道的打抱不平者。如今他在這一站下車，往那大個子臉上狠狠地扇一巴掌，打得他跪倒在地。我儘管叮囑我丈夫趕快回家，可我自己卻情不自禁地站住了。我弄不明白，這麼一個小個子怎麼能把一個大漢打倒在地。大漢從地上爬起來，用手背擦擦血，看了一眼這個終於找到了該挨揍的小個子水暖工，他正伸出指頭強調地說：「你記住！誰要在我面前欺侮婦女，我就把他打倒在地！」這大漢站起來準備反攻。他因挨了這一巴掌弄得面子上很下不了台，就想出這口氣。可是水暖工一跳起來，又將重重的一拳打在那大個子的下巴上，這個運動員又倒在地上。水暖工還大聲嚷嚷著：「有本事去找警察呀，他們就在離這不遠的地方！你來寫個備忘錄並簽個字吧，就說你打了這婦女一個耳光。來呀！」大漢站起來說：「我們回去！」抬腿就走了，還邊走邊擦著血。我丈夫激動地看著這一切。本來，他以前便與這水暖工在萬尼什達酒家、世界飯店碰過面，彼此問候打招呼，可一直沒敢跟他搭話，直到這次我丈夫才說：「揍得好！」那水暖工笑笑，樣子有點像科希采一位名叫波拉克的足球運動員。他微笑著看看自己右手的關節說：「赫拉巴爾先生！我叫魯希奇卡。」有位親眼目睹了車站上這場毆鬥的老人離開廣告牌從我們身旁走過，嘟嘟囔囔發著牢騷說：「瞧這世道，鬧得人都不敢出門！」從此，那位總穿著乾淨襯衫、皮鞋擦得光亮、頭髮抹得溜光、彷彿剛從理髮店出來的魯希奇卡先生便與我丈夫建立了神聖的友誼。我丈夫對這位愛打扮的郊區男士很敬重，開口必稱魯希奇卡先生，每次出書都要送給他一本，並在上面簽名。我丈夫甚至經常罵罵咧咧地叨嘮：「眞見鬼，可惜我不會潤色，要不然這可寫成一篇很好的短篇，一本關於魯希奇卡先生的小說……」我還見過他的妻子，總是那麼標致，一副慌張的樣子，領著女兒在買東西；或者，像郊區人通常那樣：漂亮女子穿上漂亮衣裳，到廣場街來溜達溜達，到古利克店買上一杯咖啡，在古利克店對面酒館裡坐著抽枝煙。當她遇上她的丈夫，這位頭上抹著髮蠟的利本尼愛打抱不平者時，便跟他客客氣氣打個招呼，說上幾句什麼。

女兒跑過去跟他親熱一番。魯希奇卡先生然後繼續沿著廣場街往前走，根據大家的要求，挨家挨戶地做他的工作。有一次，萬尼什達酒家的洗碗槽堵住了，魯希奇卡先生在桌子上鋪一塊仿鹿皮圍裙，在圍裙上攤開他的管扳手、他的一整套工具、鉗子等等。全酒店的人都安靜地看著這位穿著乾淨工作服和高領衫的魯希奇卡先生戴上白手套……我丈夫驚呼起來：「在我年輕的時候，只有工頭才戴這樣的白手套，耶誕節期間掃煙囪的人挨家挨戶分送掛曆時也是戴的白手套啊！」魯希奇卡擰開燈，因爲萬尼什達老闆的院子上空已烏雲密布。魯希奇卡先生用他那些鍍鉻工具跪著扭鬆了洗碗槽下面的螺絲帽。萬尼什達先生遞給他一個桶子。魯希奇卡先生打掃乾淨排水管，取出碎絲，清洗了排水彎管，一板一眼地，好讓大家都能看到他的工作，然後又將水池下方的各個零件裝回原處，扭緊螺絲帽，一開水龍頭，水便痛痛快快地從排水管裡流走了。後來我再也沒見到過魯希奇卡先生的鍍鉻工具，可是不管什麼時候，我只要在廣場街上遇到他拎著那工具包，我便彷佛透過那工具包看到了他的鍍鉻工具，看到他拿著它們創造出的一種了不起的風格，就像詩人柯拉什先生喜歡描述的那種郊區特有的風格……

自從我丈夫出了三四本書，當了作家這時候起，他經常被邀請到學校、圖書館參加與讀者見面的座談會，他每次都答應去參加，可要是碰巧在開會前他病倒了或有什麼事，他總是非常高興，因為不用去參加座談會了。要是遇上他沒法推卸的那一天，他便總是那麼驚慌不安。他有時還得坐火車、坐長途汽車到外地去開這些會，甚至到第二天才回得來。可是即使在布拉格參加這些會，他也總是緊張得不知所措，臉色蒼白、說話顛三倒四。跟我告別時那副表情，彷彿他是要去住醫院或者坐監獄似的。有好幾次我也跟了去，隨便站在某個地方，眼睛看著別處。從他的聲音裡我聽出他那一直驅散不了的慌亂與恐懼，這種來自自己的講述和回答問題的恐懼。他從來無法針對人家的問題來回答，總是說上三兩句便離了題。我憐憫他，那些熱愛他的讀者肯定也跟我一樣為他捏把冷汗。因為我丈夫對任何問題都予以答覆，對那些本應沈默不該說的，他也在公開場合中說。聲音斷斷續續，像有人捏住他的喉嚨那樣結結巴巴地說話。可是，他一旦抓住了自己這股語流，他說出來的便是一篇短篇小說、一篇口頭短篇小說。這時他完全忘記他是站在聽眾面前。突然他說話的氣勢就像他在寫作那樣滔滔不絕，像他呼吸一樣流暢、自如。他那速度使我和聽眾都屏住了呼吸。他對人們說了些真是荒誕無稽的話呀！他找到了自己的風格，他甚至開始流淚，為自己而感動。在這一瞬間，不僅是我，還有大廳裡的其他人都產生了這麼一個印象，不只是印象，而是認定我丈夫是講故事的高手，是天下第一人、舉世無雙的世界冠軍……

只有我能看見，等我的寶兒爺一回到家裡，便往床上一躺，兩眼盯著天花板。即使我關了燈，貓兒爬到他胸口上休息，我這位開過座談會回來的丈夫也這麼躺著，兩眼瞪著天花板。因爲他睡不著，直到天亮他才睡去，老這麼愣著想著：這天晚上他曾經答應了多少人再到他們那裡去座談、去受罪。每次座談會不僅占去我丈夫開會這一天，而且還有開完會後的兩天，他總有些心慌意亂，責怪、埋怨自己在座談會上腦子裡亂七八糟，必須過兩天他的腦子才能恢復到開座談會前的狀況。我丈夫就這樣在床上躺兩天，反復琢磨著讀者在座談會上他被問到的那些問題，同時還一直自責沒有回答好。直到如今，兩天之後，他才找到在那裡該說的正確句子。這時，我就只好勸慰他，彷彿他是剛從被抽過血和尿的醫院回家來的。因爲他總覺得他的肝有點毛病，我就不得不安慰他，說他沒有癌症，只是有點肝硬化。

我丈夫從小學、初中、高中在學校裡養成了膽小怕事的性格。他實際上住在城郊，進城只是爲了上學，除此之外他總住在城郊的啤酒廠裡。他不習慣與人交往，也不習慣待在屋裡，他經常待在樹上、屋頂上，一直是在室外。他沒完沒了地散步，像他媽媽所說的，他一天走上幾十公里跑到啤酒廠那一邊的河旁草地上，一直走到克斯科森林那邊。可是等他一走進酒館、走進教室、走進車廂，總而言之走到人群的地方，眼對眼、鼻子對鼻子的時候，我丈夫便又自己將自己封閉起來。我即使帶他上劇院、甚至去看電影時，他也有種罪過與恥辱的感覺，像我婆婆說的害羞得臉紅得跟個姑娘似的。

我丈夫欽佩那些有自己的觀點、自己的人生觀，並根據它來區分「可」與「否」的人，而他自己，卻從來不會說個「不」字，總是同意一切。有一次，有人到我們家來請他去飯店裡吃煮麵條，我丈夫即使不想去，也還是跟他去了，還答應他寫一篇談話錄，去參加座談會，或者去一個他自己壓根就不愛去的地方。我丈夫沒有主見，有的只是一種過失感。也正因爲這樣，他對什麼都表示同意，彷彿想以此來求得對他來到這個世界的寬恕。有一回，我就這樣坐在院子裡，我丈夫買麵包去了。那是在一個下午，有太陽。進來一個年輕人，問我丈夫在哪兒，我說買麵包去了。他說他等他。我以爲他是保險公司職員哩，他戴著領帶，上衣卻裂開了線縫……後來，門一響，我丈夫提著提袋進了院子。那個年輕人一出現在他面前，他便猛然一驚，嚇了一跳。那人看見我丈夫嚇成這個樣子，不禁樂了：「您是作家赫拉巴爾吧？」我丈夫點點頭，臉紅得更厲害了。年輕人掏出身分證，自我介紹說他是內務部的職員。我丈夫微微一笑，搭著年輕人的肩膀，輕鬆地喘一口氣說：「我眞高興！」那年輕人說：「把您嚇了一跳，是不是？」我丈夫興許是有生以來第一次沒撒謊說：「可不是嗎？我還以爲又要請我到哪兒去參加座談會哩！」年輕人愣了一會兒說：「我們可以單獨談一談嗎？」我丈夫將一袋麵包交給我，自己拿一個吃，領著那個年輕人進了屋子，貓兒亞當跟在他們後面。我啃著小麵包，透過敞開的窗子聽見他們兩人在低聲地交談。貓兒亞當坐在寫字台上，跟往常一樣，每隔一分鐘衝著他們喵嗚一聲，彷彿是表示同意。半小時後他們走出來，亞當跟在後面。我丈夫的樣子似在笑，可是卻是在忍著不哭出來。他們相互握握手。那位上衣裂了線縫、打著領帶、有雙漂亮眼睛的年輕人，像是位詩人。他對我鞠了一躬，還私下裡對我說：「您就當什麼也沒看見，不必在其他地方談起今天的事，好嗎？」我望著院子的地面，一直沒把眼睛抬起來……

我丈夫得到了去巴爾托羅姆尼伊街的邀請，說是要他去參加一場讀者座談會。他中午就去了，晚上才回來。回來時完全成了另外一個人，比他最近幾次從讀者座談會回來時更加疲憊不堪。最近他老愛在這些會上談自由，說自由對於他一個作家來說是絕對要緊抓不放的。可是他到晚上才從巴爾托羅姆尼伊街回來，且悶悶不樂。從這一天起，他的眼睛便挪動了位置，像猶太教牧師的眼睛一樣。他說話小聲，左顧右盼……後來聽他告訴我，直到下午五點以後才結束對他的有記錄的審訊。由我丈夫說，人家用打字機打，然後再由他簽名。說他與巴威爾·迪格里特[25]說過話，說他們一道出去郊遊過，還帶了一瓶酒，有個農夫還在那裡給他們演奏過豎琴。說他們一塊喝酒，談論世界政治和文學……我丈夫後來對我說，他剛被叫去時，談話還很輕鬆，有說有笑。當他們來到巴爾托羅姆尼伊街那棟樓房的走廊上，準備上電梯時，那個自稱是參謀部大尉拉拉赫的人還對我丈夫說，可惜他忘了帶本我丈夫寫的書來讓他簽個名。我丈夫對他說：「這裡的樣子與醉漢收容所完全相反。這裡的門沒法從裡面打開，而在醉漢收容所，每個病號，只要他願意就可以走掉。」我丈夫還說，「連這走廊上的門，也跟瘋人院的不一樣……」拉拉赫氣得往桌子上一拍說：「我們這可不是在什麼座談會上或者酒館裡！現在得根據你的自白做出記錄：你是怎樣幫助敵人和共和國的叛徒巴威爾・迪格里特的……」我丈夫將他在那裡講的一切告訴我，他的過失感越來越重了。他本來就覺得來到這個世界是個錯誤，如今又加上了他跟共和國的叛徒交談過這一過失。……我嚴肅地看著我的寶兒爺，他可愛高談眞理。他說一個人應該敢說話，即使要付出任何一切，也不應該害怕。他總愛說一句話：「我的自由得靠我自己去取得……」

㉕巴威爾・迪格里特（Pavel Tigrid, 1917-2003）：捷克新聞記者，二戰後僑居法國，一九八九年哈威爾上台執政後，爲捷克文化部長。

8

我坐在二樓的外廊上，在這裡可以淸楚地看到我們整個院子。昨天還從鄰近研究所的大牆上飛來一塊牆面碎片落到我們院子裡。我還看到我家敞開的窗戶，那些爬山虎的長藤沿著扯起的鐵絲繞著，像女人的長髮垂到院子的地上。我就這樣望著我們這座小院子，望著敞開的白門和被爬山虎纏繞著的白淨窗戶。我聽到在我坐著的樓下貝朗諾娃太太正提著一桶一桶的水往地上澆，還邊澆邊嘟嘟噥噥、罵罵唧唧。突然從樓下響起沃拉吉米爾的喊聲，他在喊我呢：「赫拉巴爾太太！」我從外廊裡探出頭去，沃拉吉米爾站在那裡，舉著手。他的個子眞高大，他伸直身子，我探出頭來，一伸手便接過他在利本尼某個廣場上抓來的一束鬱金香。我收下了花，沃拉吉米爾對我說：「太太，請告訴博士，我剛剛跟老郵局飯館的小伙子們交談過，您告訴他，鋼錠熔化了，常常和我們坐在卡雷爾酒店跟大叔一塊兒喝酒的那個費舍爾先生死了。上午，費舍爾先生正跑著的時候，撞在一個鋼水槽上，流出的滾燙鋼水追上了他，把他的腳全燒沒了。他死了……他的棺材將會很短！您再告訴他，還有一個人，就是常跟博士一塊兒乘車去克拉德諾的那個人告訴我，在他們一起幹過活的高爐旁邊的廢鐵站那兒，運來一批報廢汽車，當人們剪開一個裝著壓扁的轎車包時，發現有一條人腿也夾在裡面……您把這件事也告訴他，好嗎？這束花是我送給您的一點小意思。您知道，您丈夫如今已經出名了，有完全不同的一批朋友，如今我只是一個極不起眼的小百姓。」說著，幾步就跨出院子，越過溼漉漉的走廊不見了。我還聽見他的腦袋碰在帶罩的電燈上的聲音。貝朗諾娃太太又因爲他踩在乾淨的地上而罵了他幾句，繼續用她那裝滿水的桶在澆水洗地……

的確，自從我丈夫出了第一本書，到最近出的一本——第五本《房屋廣告》㉖，從這時候起，連他過去那些朋友，並不是出於嫉妒，大家都說我丈夫變了，說他如今已是個作家。於是有一個平常的人再也沒到我們家來。他的名字我已經記不起來。他老寫那些同樣的東西，老寫一些關於木箱的短篇小說，那些活像一口棺材的木箱，那些放在街

㉖該書全名爲《售屋廣告：我已不願居住的房子》。

道拐角處，裡面裝著修補城郊道路的工具木箱、那些用大鎖鎖著的木箱，那些繫上鐵絲的木箱。後來我還經常見到這些木箱被打開，穿著藍工作服的工人們從這裡面取出杈子、鋤頭、耙子、斧頭、鋸子等等。他喜歡談起這些工人，他說，在他成為公職人員之前，他也曾經修過路，也有過這些木箱上的鑰匙。沒有任何東西像這些箱子和拿著杈子鋤頭耙子斧頭和鋸子幹活的工人們的談話內容那樣使他激動。那人是個工人幹部之類的人，他喜歡喝啤酒和蘭姆酒，可遠比我丈夫的舉止文雅。他總是坐在窗邊，聽著、微笑著、抽著煙。他打著領帶，只要一開口，說的總是修路工人和這些木箱的事。他再也不來我們家了，死於一種肝病。他幾乎寫了整本關於這些木箱的書，可是這本書、這部稿子丟了，就像我從來沒有見到過布希爾先生幫我丈夫出版任何一首詩一樣。這位布希爾先生是從斯特拉什尼來的。人家都說他從小就在花園裡造一艘大船，船上還有機艙和桅杆。這船太大了以至於無法將它從花園裡搬到河裡去，除非把它拆了運到河邊再重新拼接起來。

油漆工什莫朗茨先生也不上我們家來了。可以說，除了沃拉吉米爾以外，什莫朗茨先生就是常到我們家來的那些詩人中最漂亮的人，小姐們最愛追求那位什莫朗茨先生了。我知道為什麼，因為什莫朗茨先生不僅有一頭梳得很好的淺色鬈髮，像剛從理髮店出來的那般顯得有神，而且穿得很帥，更主要的是，他總是一副紳士風度。他把超現實主義者雅克．瓦切當做他的偶像，不過他只是像超現實主義者那樣生活，寫的東西並不多。每次什莫朗茨先生一來，就像一道光亮射進暗室，因爲他的頭髮油光散亮，又因爲他在外面爲腳手架塗漆，所以他總是曬得黝黑閃光。如果說有人像希臘神祇，那就是什莫朗茨先生。他已有點兒發胖，總想保持體形，便堅持打網球。他爲自己的肚子而感到有些不好意思，可我卻認爲完全沒有必要，因爲什莫朗茨先生實際上不胖不瘦正合適。

住在利本尼上區的印刷工斯坦達·瓦夫拉也不到我們家來了。這個斯坦達喜歡打扮，愛吸煙和寫個小詩及短篇小說什麼的。他也爲自己懂文學，熟悉波特萊爾、蘭波、布列頓和艾呂雅等多位詩人而感到驕傲。這個斯坦達實際上是這些小伙子中最英俊的一個。他天天上班，爲他這份工作感到自豪。在穿著打扮上可謂無可挑剔。他滿臉親切的笑容，對我彬彬有禮。後來聽說跟沃拉吉米爾．博烏德尼克成了好朋友。博烏德尼克帶著他去參加「招魂術」活動，這些活動通常在街上匯集一幫行人、看熱鬧的人和聽他講話的人參加。由沃拉吉米爾親自主持。他在布拉格牆上畫幾個斑點，然後就這幾個斑點大發宏論：如何輕而易舉地將布拉格剝落的牆壁變成一個畫廊。

那位經常與我丈夫站在萬尼什達老闆的酒店走廊上喝啤酒的小個子布景工巴夏，也不到我們家來了。想當初他們只是這麼在走廊上站著，就能喝掉十瓶啤酒。這位小個子巴夏有個漂亮的小女兒，名叫蘊杜爾卡。有一次他們將她借給了我們帶到克爾克科諾謝山脈那兒去度假。她跟我們一塊睡覺。這小姑娘像她爸爸布景工巴夏一樣聰明。巴夏可是把掙得的錢喝了個一乾二淨。他跟我丈夫要好到當他們兩個都喝得爛醉時，便在我家門檻上一直坐到半夜。有好幾次他們用一根釘子在廁所牆上刻了誓言說，從明天起要開始新的生活，兩人將結伴去治病，吃禁酒藥，絕不再酗酒，因爲巴夏已經因爲酗酒而誤過事了。

我丈夫自從當了作家之後，繼續在家裡請朋友聚會，但來的都是些新人：有編輯、有畫家，還有社會學家。不過他們早已在別的地方喝得酩酊大醉。杜哈切克晚上來時，也已喝醉，但我丈夫還是幫他們燒一平底鍋豬肉，煮一大鍋紅燜牛肉，派人拿著好幾個大肚罐去打啤酒。他們醉得越厲害，他們的吵鬧聲便越大。說起話來嗓門一個高過一個。也陸陸續續來一些女客，她們醉得比男士們還要厲害，有的甚至剛一進門，便靠著牆壁滑到地上去了。我們家沒這麼多凳子，他們只好站著，或者滑到地上，把牆上弄得髒兮兮的，或者乾脆在地上睡著了。馬利斯科先生也來了，他還繼續在掰弄手指關節，因爲他還一直在民族劇院演奏音樂。有時候杜哈切克還把他的一些朋友帶來。這麼一來，便有二十來人擠在我們的小屋裡。我丈夫可高興了，我便忙著給大家遞碟子，可是我沒想到會有這麼多人，拿不出這麼多碟子來。到後又來了一大票年輕人，我臉一紅，解開圍裙，拿著我那把雨傘，穿上我的紅高跟鞋，捲起我的睡衣，半夜出門了。我丈夫和馬利斯科便繫上圍裙，招待著這一滿屋吵吵嚷嚷的男女。女編輯和女美術家也都醒來了。我一走，我丈夫和馬利斯科先生便給他們一人發一個勺子，把平底鍋放在屋子中間地毯上，又給他們遞麵包。貓兒亞當在這些醉鬼中間穿來穿去，用爪子將喝醉了的杜哈切克從牠坐著的搖椅上推開……

我丈夫到他的故鄉莫拉維亞布爾諾去參加了讀者座談會。第二天回來時，一臉沮喪，灰溜溜的。晚上，我從維也納森林回來，看見他坐在桌旁玩啤酒杯墊，用手指轉動它，怎麼也沒法將轉動這個上面印有「金虎」字樣圓形硬紙墊的遊戲停下來。「會進行得怎麼樣？」我問他，把我那雙滿是塵土的髒腳浸在盆裡。他彎下身來，替我抹上肥皂，幫我洗腳，一邊輕聲地述說著：「一切都很好。可等我走進大廳，看見轉彎處站著一個人，手裡拿著副夾鼻眼鏡，在他身旁還站著個女人。那人對我說：『我受委託……您是赫拉巴爾先生嗎？或者您不是？您是！我的一位朋友，從前的奧地利軍官託我告訴您，您是他的兒子，這位女士是您的妹妹……他對那時不能娶您的媽媽卻上了前線而表示抱歉。請看，這是他穿著奧地利軍大衣的照片，這是他穿著軍裝的照片。後來，戰爭一結束，您的媽媽又已經嫁人。可是您知道，血濃於水，這是您的親生父親，一位從前的奧地利軍官，如今已是一位老爺爺了。他感到非常非常抱歉，可是您知道，那時年輕人得爲奧地利揮灑熱血……這是他現今的照片。』他將這一小包照片給了我，我看著我這個妹妹，她跟我一樣有個高顴骨，一張公貓臉。後來，座談會主持人開始嚷道：『我們找赫拉巴爾同志！座談會五分鐘以後開始！』我和我妹妹站在一起，我像貓兒見面時那樣親了她一下。我的妹妹對我說：『爸爸不敢來，不知道您能不能原諒他。您明天到我們那兒去一趟吧！去看看我爸！來吧，好嗎？』我說，我考慮一下。廳裡又響起找我的聲音：『請赫拉巴爾同志上台來，座談會開始啦！』我於是出席了在我故鄉舉辦的讀者座談會，就在我有生以來第一次見到我妹妹五分鐘之後，手裡還捏著一張穿著舊奧地利軍服的男人照片。有人在介紹我和我的作品。我掏出幾張照片來看：不錯，這是一個挺神氣、甚至漂亮的人。可是我越看照片便越清楚地知道，我明天不會去看我爸爸，不，我的父親。我爸爸是那個雖然不是我的生父，但是撫養了我的人。他曾經總是那麼說：『你在中學年年留級都可以，但你必須畢業！』他讓我上大學，他曾經爲我媽媽而有過愧疚感。這個弗朗茨因已經被我寫進了《在被吃光的店鋪》一書中。我自然沒有去我生父那裡，也沒去看我妹妹。我那位穿奧地利軍服的生父還算不錯，再沒來找我。如今我明白了，爲什麼我老有一種過失感，因爲我生活在使弗朗茨因和我媽媽難受終生的過失之中，於是無過的我總是往過失裡鑽，我總是躲避，躲避我出生前就已安在我身上的過失。喏，就像我曾經對你說過的那樣，就像貝爾特斯先生所說的：我雖然在朝前邁步，可卻用手指指著我的面具，我像一個演員戴著這面具，拿定主意扮演小丑、滑稽人物……」我丈夫喃喃地說著，我朝下看他，他正蹲在我面前替我洗腳，替我洗腳。我頓時強烈地意識到，他是我的丈夫，我是他的妻子。

我在利本尼的家裡時，跟貓的對話多於跟我丈夫的交談。這貓都學會了回答問題。牠總讓人把牠抱起來。瞧，牠已經跳起來，我抓著牠的胳肢窩，貓兒閉上眼睛，我把牠摟在懷裡，這瞬間我認識到母愛大概是什麼樣子。當貓兒緊緊地依偎著我，當牠蜷縮在我膝上，我陶醉得心都軟了。有時牠呼呼大睡，可是在入睡前牠總要久久地望著我的眼睛，兩隻小爪子趴在我肩膀上，望著我。有時牠認爲我沒洗臉，便仔仔細細在我臉上舔個夠。有時候牠又認爲我有隻耳朵不乾淨，於是又細心地把我的耳朵舔一遍。而且還總要嘰里咕嚕地對著我的耳朵說點甜言蜜語。說一遍，又說一遍。當牠已經在我的膝蓋上蜷縮起來，便又有了新的主意，我靜心候聽著，牠又往我耳朵裡悄聲說了些非常動聽的話語。我特別期盼這種時刻。我跟我丈夫一樣地盼著回家。要是沒有這貓，他在家裡恐怕待不住。除非又在家折騰個什麼家庭聚會。貓兒亞當到早上才回家，我們的窗戶總敞開著，牠先瞧瞧第一張床，然後看看另一張床，隨後選定一張來睡覺。牠每次出去都睡在另一個地方。我們從來也沒猜中牠睡在誰那裡。牠的爪子要是髒了，我就用塊抹布給他擦乾淨，我還要給牠擦乾淨肚皮。邊擦邊罵牠幾句。也只是裝著罵罵而已，就像罵孩子一樣。牠知道我愛帶著牠睡，於是便甜甜地閉上眼睛打起呼嚕來。隨後我便將頭枕在枕頭上。外面要是很冷，貓兒亞當便鑽進被褥裡打牠的呼嚕。牠在被窩裡暖和過來之後，便挨著我伸直身子，牠的個子長得後爪子搆著了我彎著的膝蓋。牠甜美地呼吸著，舔舔自己，然後伸個懶腰，整個地放鬆了，於是我們倆都睡了。我覺得非常舒服，儘量多躺一會兒，貓兒在被窩裡躺的暖乎乎的，還出汗。可是散發出來的是香氣。最美妙的是牠的小腦袋正好碰著我的眼睛，牠瞇著眼睛看著我，我也看著牠，就這樣互相監視著，彼此細細觀察著，等到我們雙方都有把握地認爲，對方還待在原來的位子上沒動時，我們才放心地安然接著入睡。有時我丈夫起床後，便走來瞧瞧我們。這是我倆夫妻生活中最美好的片刻。我丈夫在晨曦中俯下身子看著我們，然後逐個撫摸我們一下。他又看著我那剛從睡夢中醒來的笑臉，看著貓兒舒坦的呼吸。我從我丈夫眼裡也看到他跟我一樣懷著對這隻小動物的溫情。貓兒看出了這一點，牠爲擁有我們兩人而感到驕傲與自豪。牠每天都在審視這種由牠帶給我們的快樂與幸福。牠甚至非常細心，要是牠注意到我們兩人中有一個更憂傷，牠便會投以更加憂傷的目光。亞當也為我們吃什麼牠也能吃什麼這一點而感動。要是我們中哪一個不從自己的飯菜中撥出一口給牠，那就要惹麻煩，牠便跳到椅子上，並將前爪擱到桌子上。要是這樣還不管用，還沒引起注意，牠便又將一個爪子擱在我們中的一個人彎著的胳臂上。有時我們假裝根本不知道牠在這兒，牠便像早晨用爪子敲窗戶那樣敲打著，表情十分焦急，簡直近乎絕望。牠終於悲傷地喵嗚起來。後來，我們便給牠一小塊饅頭，還有一小塊肉、一點馬鈴薯，總而言之，我們桌上有什麼，我們吃什麼，樣樣都得給牠一點兒。因為這食物、這午餐、這晚餐、這早餐，對於牠來說，是證明我們還愛不愛牠的試金石。有時我們在吃午餐時給牠一個小碟子，貓兒便兩條後腿蹲著坐在椅子上，前腿擱在桌子上，面前擺著盛有食物的小碟子。牠吃飯的時候，先左右環視一番，然後吃得津津有味的。多少次我都拿貓兒亞當給我丈夫做榜樣。我每次責備我的丈夫吃飯像個野人狼吞虎嚥，就讓他看看亞當吃飯多斯文。牠跟我們在一起吃飯，那風度跟我丈夫恰恰相反。亞當好像聽懂了我的話，越發吃得有條不紊的，就像牠做其他事情那樣。不過我最高興的是看牠吃早飯，牠總是得到一份熱牛奶，裡面放些麵包碎段，牠叉開兩腿，喝著喝著肚子就慢慢脹大，然後總要歇一會兒，假如我丈夫在家，我們倆都等待著這一片刻：如今貓兒回過頭來，身子並不轉動，可愛地、久久地望望我，望望我丈夫，彷彿是在表示感謝。牠大概感覺到在牠喝牛奶的時候我們倆都在看牠，所以牠也看看我們。我們彎下腰來，都摸一摸牠。在我們這樣俯身盯著貓兒的這一片刻，我們也總是互相交換個眼色，我們靠得很近，幾乎是半蹲著，眼睛並著眼睛。貓兒總是逼著我們彼此笑一笑，我們便閉上眼睛，就像我們常常跟亞當的那樣互相碰一碰額頭。亞當知道這一切，牠和我們之間有著牠自己和我們的秘密，我們相互愛著。亞當還注意到對我們公平，免得我們彼此嫉妒，因爲貓兒亞當淸楚地知道牠在我們心目中的分量。

我丈夫還堅持著訪遍布拉格所有小飯館小酒家，並有爲它們各寫一篇小報導的遠大目標。於是他去到波多里，同時順道去醫院探望他的朋友、詩人札布拉納㉗先生。但是在進到詩人札布拉納先生的病房之前，先得經過一間住著四位老壽星的病房，就像札布拉納大笑著告訴他的：他們四人合起來有三百九十歲，他們穿著黑禮服，就這麼坐著等

㉗札布拉納（Jan Zabrana, 1931–1984），捷克詩人、小說家，俄、英文學翻譯家。

死。我丈夫勸詩人說，治感冒和咽喉炎的最佳辦法是多喝啤酒。只穿件睡衣的詩人往身上披了件冬大衣，便和我丈夫一道又穿過那間住著四個等死的老人的房間——他們合起來的確有三百九十歲——然後上卡拉斯基酒家去。那時正當中午，我丈夫還特地關照啤酒要度數高的。喝著喝著詩人便開始朗誦「垮掉的一代」㉘成員的詩來。接著又大談金斯堡和凱魯雅克，然後又談到頹廢派天使，他們就這樣一直喝著啤酒，還往啤酒裡摻了格羅格酒㉙。天已經黑了，等詩人想起了弗林格蒂㉚，於是又談論了一回他的詩，還邊談邊喝著啤酒及格羅格酒，直到服務員準備關門，開始將椅子扣到桌上時，他們才只好付帳告退。等他們出了酒館，被這些美妙的「垮掉的一代」詩歌弄得走路搖搖晃晃。詩人札布拉納說，他看到的全是這些詩人的一張張面孔，他感到頭暈目眩。他們只好叫了輛計程車，回到利本尼已是後半夜。由於格羅格酒性發作，兩人都摔倒在院子裡，我丈

㉘「垮掉的一代」，二〇世紀五〇年代末出現於美國知識階層中的一個頹廢流派。

㉙格羅格酒，蘭姆酒或其他烈酒加糖和水熬成的烈性飲料。

㉚弗林格蒂（Lawrence Ferlinghetti, 1920-），美國詩人，五〇年代在舊金山發起「垮掉的一代」文學運動。

夫喊了我，可他摔倒在地起不來。他可眞像馬利斯科所描繪的那個樣子：「他可眞會摔，摔倒在地也是一副舒舒服服躺著的姿勢……」於是他們就這樣躺在那裡。我氣得睡不著覺。那位夜鶯先生穿的是睡衣，他試著爬起來，但後來也放棄了這個打算。他敲敲我的窗戶，可是我寧願裝做不在家，到早上我才將他們放進來，這才看清了札布拉納這位詩人，這位全名叫洪查・札布拉納的詩人，柯拉什曾描述過他，說洪查㉛是個彬彬有禮的紳士，而且喜歡玫瑰花束，說他和這位札布拉納以及希夏爾㉜在奧德薩的時候，只有希夏爾知道給奧德薩的女士們獻上一束紅玫瑰以紀念巴別爾㉝等人的短篇小說。喏，那天早晨天亮之後，我的寶兒爺跟死人一樣躺在桌子底下，而詩人札布拉納悠閒自在地交叉著二郎腿，給我朗誦了「垮掉的一代」詩人的詩。他有一雙漂亮的眼睛，不管他穿的是睡衣和冬大衣，反正我還沒有聽到過有人像他朗誦得這樣動聽。他還隔一會便感謝我一

㉛札布拉納是他的姓，揚爲他的名，洪查爲揚的暱稱，其實都是札布拉納。
㉜希夏爾（Josef Hiršal, 1920-2003），捷克詩人、翻譯家。
㉝巴別爾（Issak Emmanuilovich Babel, 1894-1941），英國短篇小說家，以寫戰爭小說和奧德薩的故事著稱。

番，說到我們這個院子裡，他的感冒就好了。他的眼睛跟《大都市短篇小說集》裡描寫的查理斯·拜爾的眼睛一樣漂亮。這個查理斯曾經在摩天大樓上那五米高大鐘下等候他的戀人，那兩米長的分針轉一大圈，他等了一個多小時他的戀人沒有來，因爲她的車子壞了。詩人札布拉納的眼睛也像這位查理斯這麼俊美。他給我朗誦詩的時候，我丈夫躺在桌子底下哼哼。後來過了好久一陣子，詩人札布拉納先生吻一下我的手之後，便同我丈夫一道去吃牛肉和酸魚，以便調理一下胃口，他們踉踉蹌蹌走過院子，我丈夫還懶洋洋的，札布拉納卻已興致勃勃，即使穿著拖鞋和大寬管睡衣褲也滿不在乎。他們回來的時候，詩人札布拉納已經心滿意足，有點想回去了，可我的寶兒爺卻躺下來，還一直埋怨那酸魚吃得他十分難受。過一會兒札布拉納又返回來，送來一束玫瑰花給我，出院子的時候還轉過身來向我一鞠躬……我丈夫一直躺著打嗝。下午我不得不去叫輛計程車，因爲我捨不得那兩張電影票作廢，由庫珀㉞和赫本㉟主演的《午後情愛》……「你醒醒吧，我的老天爺！」我對我丈夫說，可他卻走路顫顫巍巍、飽嗝打個沒完沒了。電影是在煤庫後面關閉了的科林城旅館附近放映的。放映室只有兩個大篷車那麼大，擠得水泄不通。我們倆因爲有請柬才撈得了座位。《午後情愛》一開映，我丈夫便開始打嗝。影片中的茨岡人在演奏〈迷戀曲〉，我丈夫站起身來，從觀眾的一條條腿之間跨過去。銀幕上出現一塊黑影。他匆忙跑到外面。大門旁邊是圍著煤堆的鐵絲柵欄。誰都聽得見，我丈夫在那裡吐得死去活來，還有那被什麼東西卡在喉嚨裡吐不出來的乾嘔聲。而我，為了維護我丈夫的名聲——因為我丈夫交代過，要我隨時隨地注意維護他的良好名譽。於是我站起身來，我的身影便也出現在《午後情愛》影片銀幕上。我轉過臉來面對直射銀幕的強烈燈光，對著觀眾說：「對不起，我丈夫吃了酸魚尾巴！」然後坐下，過了一會兒，電影中的茨岡人又在用小提琴和吉他演奏〈迷戀曲〉時，我丈夫又跨過觀眾的膝蓋擠了回來，衝著燈光瞇著眼睛，用手指著自己的嘴巴向大家解釋說：「我吃下了酸魚尾巴。」我一把拉他坐到位子上。電影中的茨岡人在蒸汽浴室、在淋浴蓮蓬頭下繼續演奏……電影放完了，我羞得恨不得有地洞可鑽。所有觀眾都哈哈大笑，而且還祝賀我丈夫說，在放映如此絕妙而又庸俗的電影時走出去透透風真夠舒暢。而我這寶貝丈夫重又將吐在鐵絲網柵欄旁的酸魚尾巴指給他們看……

㉞庫珀（Gary Caoper, 1901-1961），美國電影演員，是好萊塢長久受歡迎的明星之一。他在銀幕上塑造了一個個有魅力的平凡人物。

㉟赫本（Katharine Hepburn, 1909-2003），從事舞臺及電影表演達五十餘年的美國著名演員。曾多次獲奧斯卡獎。

9

我丈夫對克斯科的這片林子喜愛得一直處於興奮狀態之中。他還高興地發現，這裡雖然沒有了利本尼那些家庭聚會，可是卻有另外一些歡慶機會。不管誰討老婆或者生孩子，誰過生日或者命名日，都要在我家裡慶祝一番，少不了請來很多客人，喝上一大桶啤酒，好多瓶燒酒，還有烤小雞和其他燒烤食物。再加上我丈夫一年之內結交了許多過去的富裕農民、現在的農業合作社社員、所有的無地農民、小店主，甚至公安部門的助手。因爲我丈夫根本分辨不清這些上酒館去的人誰好誰壞。去的小酒館有森林小屋、賽米采酒店、小鎮酒家，甚至到離家較遠的維萊卡、赫拉斯特、曼特爾謝特等等這些地方的酒館去。他走到哪兒都受歡迎，因爲我丈夫喜歡當眾表演個什麼節目。在聊天吹牛方面，在喝啤酒方面，他可眞是頭號種子選手、冠軍。到了秋季和冬天，就有人邀請我丈夫參加宰豬節，一大清早他就已經待在某個地方看著人們怎樣把豬從圈裡趕出來，他眼淚汪汪看著那子彈從專門的殺豬槍裡射進豬兩眼之間的腦門裡。然後他便繫上圍裙，幫著燙豬刮毛，還特別喜歡洗豬腸子，邊收拾邊喝著酒，不停地跟人家聊著天，因爲我丈夫也算得上半個農民……當我跟他走在田地裡時，他看到莊稼熟了總是激動不已，像個國王一樣走在田坎上，用手撫弄熟了的麥穗。到該收割的時候，他便揪下幾根麥穗，嗅一嗅味道說：「一個禮拜之後，塞德拉切克博士㊱該收割莊稼了。」我丈夫還懂得怎麼種植甜菜和作飼料用的玉米。喏，一年之後，這裡每個小飯館小酒店都有了他常去坐的席位。跟他坐在一起的有老農民、新社員。我丈夫也很愛聽他們講地裡的活兒……他還畫了一張當地的地圖，在上面標上各塊田地和草場的名字，回家後還一直爲那些名字興奮不已。他一個一個地往上塡名字：在我們那塊被松樹林包圍著的林地後面是諾瓦克草場，還有那名叫「劈啪響」的大片田地，田地那邊是松樹林，這裡的人管松樹叫黑果，林子名叫「磚瓦廠」，然後是一條小溪，也就是一條小水溝，流經諾瓦克草場、榿木叢，流入易北河。再下面便是草場弗賽西、河畔草地弗哈尼涅、田地約達克，還有一個自古以來就叫巨橡林的樹林，因爲那裡有許多高大的橡樹，過了橋到河那邊便是利托萊。逆

㊱赫拉巴爾年輕時常去他家幫忙收割、疊稻草。

易北河而上有一片河灘，沙子很細，曾經是軍人游泳場。轉彎處有一小塊地方也可以讓老百姓去遊玩，人們就叫它「橡樹林中」，我不得不陪我丈夫去那裡一趟。在沙灘上有幾根大橡樹幹，已被燒焦，又黑又硬像塊大石頭。他像在布拉格總有一張布拉格地圖，將他去過的小酒家都標示在某條大街、小巷、廣場上一樣，如今不僅往這張當地的地圖上寫了草場、田野、溼地、森林的名字，而且在林場分布地圖上寫了各個林場的名字，如象鼻子、謀殺村、寧城羊腸路、臭水溝、葡萄園林、鹿耳朵井等。

我丈夫在家的時候，總是坐在桌子旁邊，從白天直到天黑，望著外面通向我家大門口那條白樺林蔭道，道上第一棵白樺樹的樹幹比別的樹要粗一倍，是個大美人。它粗壯的枝葉像鏈條拴著回轉木馬一樣甩向四方。我丈夫說，這棵白樺跟別的白樺樹同樣年紀，可是它既粗壯又有力氣，搶在別的樹前面及時占領了空間，別的樹雖然也長得跟它一般高，可是沒有與這位大美人同步搶到發展空間，因此旁邊的枝幹沒能伸展開來。那棵大美人的枝幹長得油黑油黑的，而其他這些樹的樹皮雖然更嫩更漂亮些，但只能往上長，只要來一場大風，這些瘦高個兒白樺樹就有可能被折斷。可是狂風從來沒刮到這條小林蔭道，因爲旁邊有一排橡樹擋著。這排橡樹彷彿給我們家的這塊空地鑲了個邊。管林員在種松樹時，在林子邊上鑲一圈橡樹鏈。我們走在這片已有一百四十年之久的松樹林中，只見一些砍倒了的老松樹，我丈夫數了數這些松樹的年輪，他指著這些樹幹的年輪給我看，說有些樹幹很細，彷彿比那些粗它一倍的樹要年輕一半，說這就跟我們人一樣，即使上的是同一個學校，在普高或過去的七年制中學，每個年級幾乎都有同年同月出生的學生，但個子卻不一樣大。我丈夫總愛給我上課，教導我些什麼，但我總是半信半疑地聽他講，因爲他說的那些東西總讓我覺得難以置信、模稜兩可，似乎是不可能的事情。可是他在家的時候總愛給我講解點什麼，我覺得他有點稀奇古怪，他對我的這種感覺表示驚訝不解。他喜歡獨自一人想他自己的事，喜歡幻想，但並不是懷念什麼或者想哪個女人，只是突然在我們的松林中冥思苦想起來。他慢慢地蹲下來，手掌托著下巴，胳臂撐在膝蓋上，就這樣像個阿拉伯人一樣蹲上個把鐘頭，快樂地微笑著，連眼睛都不眨一下，因爲他怕在眨眼的瞬間會失去他所見到的東西。我眞受不了他這個模樣，我常想，我丈夫是個二百五。於是我便突然大著嗓門喊他一聲。我丈夫對我這想法一點兒也不覺得難堪或不好意思，可卻被我嚇一大跳，臉也白了，說不出話來，彷彿剛剛被我從睡夢中吵醒……「你還不如去找點事做吧！瞧，我們的門檻釘得嚴實些了，一方面那條縫老灌風，再說，老鼠會鑽到小屋裡來的。」我丈夫背靠樹幹站著，或者胳臂撐在膝蓋上、手掌托著下巴蹲在那裡。當他瞪我一眼時，我看得出來，我惹他生氣了，他恨著哩！「我已經沒處可逃了！」他絕望地說，聲音在發抖……

我們自從買了這棟小木屋，我每個星期便都到克斯科來度週末。雖然我們在屋頂上加了間錫頂工作室，可是我沒見我丈夫寫作過。他寫東西跟在利本尼的時候一樣。我丈夫想要開始寫作時，便好幾個小時聚精會神，望著窗外或在院子裡走來走去，光喝咖啡不吃飯或者一枝接一枝地抽煙。當他坐上這麼兩個小時之後，將紙裝進打字機，他跟他的打字機和凳子便像插上翅膀在空中飛翔，在雲彩上方飛翔，如同童話中的飛毯一樣。他寫東西的時候，一邊敲著鍵盤，一邊嘴裡嘟嘟噥噥叨念著。有時他盯著這部打字機看，彷彿在對它說很快就要帶著它從窗口跑到森林裡去。每當他在敞開的窗口旁寫作，天氣好時或者在院子裡、陽台上，有時在廚房裡寫作，那景象可眞特別：比方說，跑來一群孩子，他還接著寫他的書，一邊還要不停地回答他們提出的問題。客人們總是悄悄地從他那兒走開。有時郵差給他送來信或者匯款單，我丈夫點點頭致意，然後接著往下寫。大家都高興見到一位正在寫作的作家。可是見他寫得那麼快，又都不相信他能寫出什麼有意思的東西來。他們有時走到他身後，越過肩膀看他如何噠噠噠將一個個字母打到紙上。然後點點頭便走出去了。孩子們繼續在院子裡玩耍，球常從他頭頂上飛過，可他根本不在意。不過要是換了我在他肩膀後面瞧一眼，他便大聲吼叫，就像他所說的，彷彿被人剝了皮抽了筋似的受不了了。

有我在跟前我丈夫便停止寫作，他怕我。當我提前回家，就像過去看見我在利本尼的院子裡出現那樣，如今在克斯科他只要看見我在白樺林蔭道上往家走，他便立即四肢發軟，將寫作用具收拾起來，「你能寫完的，」我揮一下手說，「明天，等我不在家的時候，你別出去酗酒！該在家裡寫東西，我反正要去上班。」我生硬地說。他又不跟我說話了，然後便到林子裡去閒晃。回來的時候，又不知在哪兒喝了個半醉。我覺得自己至少在這一時刻裡占有優勢。他卻又使出一招來回敬我：只要我一來，一刻鐘之後他便走掉了。在林子裡、在草場裡遊蕩，沿著小河、淋著雨，然後又泡在小酒館裡。每次都說，我出去走走，到林子裡轉轉，可總是到深更半夜才回來，通常我都睡了。他在林蔭道路口跟住在附近的熟人喊話，總是扯著嗓子在那兒喊些什麼，我都聽不清楚。他們離得老遠喊著話約定明天哪兒見面。我們的林間小屋從來不閂門，總是開著的，就像我們在利本尼也不關門那樣。夏天敞著大窗戶，冬天開著小窗戶，好讓我們的小貓亞當能夠出去或者回來。在克斯科這所小屋裡亞當最喜歡跟我待在家裡了。牠蹲在我的膝蓋上，一副可憐的模樣，由於害怕森林而嚇得不斷出汗。直到我們將牠放到汽車上，牠才恢復平靜，精神起來。一路上用牠兩隻小爪子遮住眼睛，只要從行駛的汽車裡朝外看一眼便又嚇出汗來，連忙遮住那往後退去的景象，直到來到維索昌尼才站起身來，爪子趴在車窗上朝外面看。等車拐到龍科瓦、經過熱特瓦來到科特拉塞克，貓兒亞當便眉開眼笑了。牠看看我、親親我的手。我們一停車，打開車門，牠便躥到24號大門前，伸上一個懶腰，跑到院子裡，還沒等我們掏出行李，牠已經在水泵那兒甩動著小腦袋沖洗灰塵了。

在我爲客人端盤子送上烤雞的那家旅館裡，在我們的烤雞高級小餐廳裡，我早已做得輕鬆自如了。我甚至還拿著大錢夾子負責收錢，還收小費，數額之可觀是我做夢也沒想到過的。我在這個小餐廳裡行動自如，像在家裡一樣。我早已不知什麼叫緊張和疲倦了。在布拉格市中心這個小巧的餐廳裡，認識我的客人都叫我艾麗什卡，那些跟我非常熟的人便叫我碧朴莎太太。他們來這家小餐廳也跟回家一樣自在。到這裡來的有電影和戲劇演員、導演、帶著白色微笑的黑人、大學生，還有雖然已經走過櫥窗、可是看到我們金燦燦的烤小雞又返回來的客人。我在這裡工作感到很幸福，甚至每天都爲能到這裡來上班而感到欣慰，特別是當我有那個大皮夾之後。可是這段美好時光卻很快就結束了。來了另外一名女服務員，一個染了頭髮的傲慢女人。她從來沒做過這工作，餐廳裡的女孩們說她是經理的情婦，要我對她留神一點兒，可我對自己的位置卻很有把握，因爲我不僅在巴黎飯店的廚房裡做過，而且還在大堂裡做過，並且在這裡已經做了四年多。可是經理突然走來，讓我把皮夾交出來，讓他那個臭女人來收錢。我被羞辱得臉紅了，因爲無緣無故交出皮夾，在我們這行裡就意味著失去信任，我氣得解下圍裙，辭職不幹了。

一個星期後，我便成了廢紙回收站的一名職工。這裡的司機常常開著車到焦街我丈夫工作的地方運回來大包大包的紙。我這麼一個習慣於聞烤肉以及飲料、沙拉和花香的人，我這麼個習慣於像舞蹈家活躍在高級餐廳的人（因爲我從小就渴望當個舞蹈演員），我這麼個在餐廳裡總是右腳向前擺出舞蹈基本動作的人，一夜之間便成了一名有著自己的椅子、寫字台和櫃子的職員，透過我對面的窗子便可看到卡車如何開進院子裡、打好包的廢紙如何整整齊齊疊到卡車上。在我辦公室旁就是一間大房子，裡面有十來個女工在打廢紙包、堆著無數冊舊書。而我是當會計的，由我來收這一車車的廢紙和舊書，開發票，將一筆筆帳寫進當天的帳簿，一天一結算，然後將每天的帳匯算出一星期的帳目，到月底再算出當月這廢紙生意的總帳，每月一次匯總，最主要的是我還得給接收我們這些廢紙的造紙廠列出帳目。一個月之後我才發現，這項工作誰也不願意做。因爲無論卡車開進來、卡車裝上廢紙開到造紙廠去、裝貨、卸貨我都得在場，什麼都得經過我的手，我全部都得寫下來，把數字加起，計算，一天一百五十張收據和發票，我得在每張單子上蓋上我們公司的章、簽上我的名字。

正當我從宮殿旅館餐廳的好職位上走下來的時候，我丈夫卻沿著他的杆兒在往上爬，成了作家協會會員、文學報編輯部成員，還和門澤爾㊲將小說《沒能準時離站的列車》改編成電影，爲此獲得曼海姆大獎。於是又高升一步，門澤爾先生爲這個劇本獲得奧斯卡獎。後來我丈夫和伊希被邀請到布拉格宮，他們兩人都獲得克萊門・哥特瓦爾德㊳國家獎，從此他成了國家功勳獎獲得者。實際上我也成了國家勳章獲得者，因爲他拿回來的是兩塊勳章。那勳章不怎麼顯眼，但很雅致。就這樣，正當我丈夫沿著他那根棍兒往上走之際，他抽屜裡的存貨已經用得差不多了。他從那裡掏出來的這點東西，在寧城啤酒廠時還在寫的這些東西，後來合成了一本書，名叫《花蕾》，是沃拉吉米爾・博烏德尼克作的插圖，他爲此得了四千克朗的報酬。可是三天之內便把它花得分文不剩。我的寶兒爺沿著那根棍兒還在往上走，他在各個座談會上的講話，在報刊上發表的文章被編成一本書，名叫《家庭作業》，他那國家勳章獲得者的棍兒把他抬得如此之高！可是，要緊的是他抽屜已經見底，空空如也，再沒有什麼可寫的了。我倒要看看，這位國家勳章得主如今還能寫出些什麼來。

㊲門澤爾，捷克著名的電影編劇，他與赫拉巴爾合作將赫氏的好幾部作品改編成電影劇本。

㊳克・哥特瓦爾德（K・Gottward, 1896-1953），捷共領袖、捷克斯洛伐克共和國總統（1948-1953年）。

在一九六八年這時期，我丈夫已經停止寫作。他早上提著籃子或提袋去買東西、逛街、上編輯部和上酒館。如今，我成了坐辦公室的人之後，下午便能回家，不再有什麼熱鬧的家庭聚會，也不再有什麼舉杯歡慶了。我們那些我本就不怎麼歡迎的客人只要一看到我，只要我一看他們，便嘰嘰咕咕跟我說：「要不要去打一罐啤酒來？」我立即堵住他們的嘴，嚴肅地宣布說：「不能再酗酒了！」他們也到克斯科來。我丈夫通常不著家，拄著手杖一個一個村子地串門子去了。他只要在哪裡一坐下來，那些有錢、沒錢的農民、合作社社員便立即將他圍起來。我丈夫便又是說話、又是笑，快樂至極，大家都快樂極了。我丈夫於是在每個酒館裡同他們大擺宴席，而到我家來找他的那位倒楣的朋友，正坐在我這兒等著他哩！

當他被授予功勳作家稱號時，我便自己在克斯科舉辦家宴，我將鄰居們請來，大家一塊兒喝酒，我還準備了很多蓋上火腿香腸、魚子、乾酪等等的麵包片。大家都很高興，鄰居們把自己能夠和這樣一位名人、克斯科的裝飾品碰杯當做一種榮譽。貓兒亞當躺在床上，一個勁兒地出汗，牠一直在那兒躺著，直到天快亮了，客人們才走出門去，拉著手風琴和小提琴，甚至躺在滿是晨露的草地上，演奏著〈無窮的魅力〉，像茨岡人在電影《午後情愛》中熱情奔放地演奏一樣。由於他們煙抽不止，在我們這棟林中小屋裡瀰漫著濃濃的煙霧。等大家都走了之後，貓兒亞當被這煙霧熏得特別難受，便跑到屋外去迎接黎明。我們躺下時，我丈夫還用很長的時間呼喚著亞當，讓窗子開著，窗下還放了張桌子。太陽上山的時候，一聲槍響將我倆驚醒，我丈夫立即跑出門去，喊著貓兒的名字，找了牠整整一上午、整整一天。這場家宴之後，我倆坐在小屋裡一大堆碟子中間、一大堆煙蒂中間，坐在灑滿了酒水的桌子旁邊……牆腳那邊擺著亞當的小貓食碟子，而牠卻再也沒有回來。

我丈夫心情沮喪，他走遍各個地方，逢人便打聽亞當；他還常常有種幻覺，以爲見著了亞當，可卻是隻野兔，或者一隻野花貓。我整個下午都兩手垂在膝蓋下面，連眼睛都不眨一下地坐在家裡等著，我丈夫尋完貓一回到家裡，我便懷著希望看著他，他也滿懷希望看著我，可是貓兒沒有回來。於是我慢慢地收拾一下便獨自去利本尼了。我丈夫哭了，躺在床上，哭了。然後又到林子裡晃盪一圈，在這裡逗留了三天，等他回到利本尼，我鋪好床，他躺下，病了……貓食碟子和碗、朝院子敞開著的窗戶，一直照原樣保留著，彷彿牠可能從窗口躥進廚房來，我甚至在牠丟失的三個月裡每天都替牠準備了牛奶，每天還幫牠買了一塊肉，給牠切得碎碎的，可是貓兒沒回來，我無可奈何地聳聳肩膀，將晚上給牠裝肉的碗、早上給牠裝牛奶和麵包的碟子都拿出去，擱在擋雨板上，讓沒人餵養的野貓吃去了。從此，我們的亞當再也沒有到我們這裡來過，既沒有像我們以爲的那樣，走到利本尼去過，也沒有回到克斯科的林中小屋裡來。牠消失後，只我們兩人，顯得格外冷清。我和丈夫甚至經常手拉著手或互相摟著脖子，頭碰頭臉挨臉地擁抱，因爲這個亞當曾是我們之間的媒介，亞當將我們連在一起，當我們兩人都以爲我們彼此已經不怎麼相愛了，已經再也不會那麼相愛而且不能……時，亞當站在牛奶碗面前，當牠一看我們，發現我們沒有親吻時，牠總要逼著我們碰一下腦袋，跪下來彼此吻一下……

這時期我們到莫拉維亞的胡桃林我丈夫的親戚那兒去了一趟，大家都生著一副高顴骨，來到這裡參加婚禮。三十個人同一副面孔，介紹也白費工夫，因爲我和丈夫一樣怎麼也弄不清誰是誰。我記得，舉行婚禮儀式之後，管理教區的牧師也來到教堂，跟其他人一樣地唱歌、吃飯。清晰悅耳的莫拉維亞語將大家聯繫在一起。可是最使我感動的還是赫拉杜芙科娃姑媽，她從婚宴中取了一些小甜點裝在一個用來裝內衣的大筐子裡，上百個迷你甜點，然後又準備了一個小籃子，裝一小塊雞肉。我陪她到墓地上的一座小墳墓前，姑媽擺上帶來的食品，久久地望著嵌在墓碑上一位年輕人的照片，然後非常仔細地將整座石墓擦得很亮，整理一下四周的花草。我站在那裡凝視著姑媽，她坐在平鋪的墓石上沉思著，隨後聳聳肩膀，誰也沒到這裡來。半小時後，她將食品放回籃子裡，哭了一場，我們又一道回到歡樂的人群中。人們告訴我說，她的獨生子已在墳墓裡躺了半年啦，有一次他騎摩托車到布爾諾去商量比賽排球的事，和他的新婚妻子坐在一輛摩托車上，與電車相撞，他就死了。而赫拉杜芙科娃姑媽總相信她的兒子沒有死，每天吃飯時，總是舀出一碗湯和一碟菜飯裝在籃子裡送到她兒子墳上，將飯菜擺到墓石上，她自己則坐在那兒等著。每天的午飯都是這麼吃的。因爲她想，她兒子死了的說法萬一不是眞的呢？

我丈夫在貓丟了一年之後才將利本尼和克斯科兩處的貓食碟子收起來，埋在克斯科松樹林下面的一座小墳墓裡，還往裡面撒了些花，塡上土。代替墓碑的是一塊大石頭……我們常常互相凝視著，早已不像戀人那樣接吻了。要是我們同時想起了貓兒亞當，便額頭碰額頭地吻一下。漸漸地我們的這個吻比我們那奇怪的夫妻房事更顯得有意義。同房之時，我們兩人都知道彼此已不在熱戀之中，然而又彼此隸屬於對方……夏天發生了一件事：我們來到克斯科，把行李和提包從車上搬出來，繞著我們的松樹白樺林轉一圈，和它們熟絡熟絡。下午我讀報紙和雜誌，如今，我在廢紙回收站工作，什麼樣的雜誌和報紙都有，每一天、每個星期都如此。因爲司機和搬運工們運來千百份印錯了的報紙雜誌，我們就從裡面挑一些來看。我在這裡讀到的印刷品，我自己是絕對不會花錢去買的。就像我丈夫，他所讀的書都是他那四年在焦街給廢紙打包時找來讀的，別的書他沒讀。

那裡恐怕有好幾百好幾千本可供他讀，可是我看到他老是讀那幾本書，給他摸得髒得像到了學期末的兒童拼音識字課本一樣。當我正在閱讀著《青年世界》時，我丈夫走進來，他一臉喜氣，甚至驚喜萬分，讓我感到有一件大喜事在等著我。我抬起眼睛，高興地說：「亞當回來了？」他點了點頭。他拉起我的手，將我帶到小木屋後面的板棚那兒，說：「亞當沒有回來，但是牠給我們派來了小貓，三隻金燦燦的小貓。有兩隻跟牠長得一模一樣。」他拿了一個乾淨的碟子，在裡面倒了點牛奶，將碟子放在板棚敞開的門口，沒多久三隻小貓都跑了過來，像小瘋子似的一下跑到碟子裡面來了，前爪泡在牛奶裡，狼吞虎嚥地喝著牛奶。當我丈夫去幫牠們在碟子裡添點牛奶時，牠們一彈便跑回板棚裡躲著去了，等他添滿了牛奶走開時，牠們又跑回來，接著大口大口地喝著……

我丈夫到德國旅遊去了，貝賓大伯已經躺在冰凍室的棺材裡等著我丈夫去看一眼。出殯的日子在春季的前一天。大伯死在里薩的養老院裡。他對這個世界已經沒什麼感覺了。他早就離了婚，後來又結了婚，娶了達莎，達莎還帶來一個小女孩，名叫丹卡。達莎跟貝賓大伯在一起可受老罪了。大伯還在紮拉比的小別墅時就不敢去上廁所，睡一覺起來卻不知道自己在什麼地方，他用四肢在地上爬，腦袋常常碰在兩條椅子腿中間。他就這樣生活著，實際上是躺在養老院的「無能行走者」部門裡。我丈夫去探望過他，可是貝賓大伯已經不會說話，只是呆望著天花板，彷彿他透過這天花板見到了他的一片天空。大伯火化了。出了兩份訃告，一份是按照我丈夫的意思寫的，在通常寫上一句詩的地方，我丈夫將貝賓大伯生前經常說的一句話印了上去：「這個世界美得讓人發瘋！並不是說它眞是這樣，而是在我的眼裡它就是這樣！」我婆婆不喜歡這個訃告，她另外印了一份舊式的那種訃告，於是我丈夫又像他一生處世的那樣跟我婆婆各行其是了。葬禮之後，我丈夫在格萊戈里飯店請了一次客，那兒的花園裡有個保齡球場，在那裡擺了一張長桌子，我丈夫已將貝賓大伯的逝世擱在一邊，出殯一小時之後這裡已是一片歡聲笑語，人們講述著貝賓大伯的一些逗人發笑的故事。大家一塊兒喝著葡萄酒、啤酒，吃著炸豬排。這場喪事實際上成了我們的一直鬧到夜裡的家宴。後來我丈夫又去了一趟國外，回來時，我們又埋葬了科齊揚㊴先生。他死於動脈硬化，他是一步步地漸漸崩潰的。即使他是朗斯基伯爵的私生子這一點也沒幫上他的忙，即使他戴的是史瓦曾堡地區的禮帽，穿的是鹿皮夾克，也沒救得了他的命。

㊴作者赫拉巴爾的表妹米拉達的丈夫。

我沒法脫下黑喪服，因爲不久我媽媽又去世了。我在德國的親愛的媽媽死於癌症。我在施韋齊肯醫院的太平間裡見到她。她的身子已經瘦得像個長不大的瘦小女孩。我的媽媽本來性格頑強而執拗，任何時候都沒被任何人難倒過，如今卻只有這癌症將她慢慢地縮小，小得可以放進一口白色的兒童小棺材。我剛剛爲媽媽的逝世而哭得死去活來，我公公又不行了，他變得很虛弱，醫生給他動了前列腺手術，就是在這座我丈夫稱之爲時間在這裡停滯的小鎮裡。我們趕到醫院的時候，他們正將我公公從手術室送出來，他身上蓋塊白床單，嘴裡銜著小孩用的那種奶嘴，給我公公做手術的那位大夫對我們說，讓我們作最壞的打算……

我公公死了。我們到太平間與他的遺體告別。一名職員放我們進入停屍房，只見我公公躺在一張石桌上，樣子儼然像位死去的古羅馬元老院成員，他身上的褶袍是用床單裹成的。從腰間轉到背後一纏。他的兩隻手擺在胸前，直到如今我才注意到，我公公的手竟因勞累而變得如此粗硬，他這雙手一直到手腕曬得跟他的脖子和臉一般黑，因爲我公公從來沒有像有些人那樣專門脫了衣服曬太陽，所以像奧地利所有文職人員一樣，體白如雪，只有露在衣服外面的手、脖子和臉是黑的。他那雙手因終年與螺絲刀和鑰匙打交道而弄得滿是傷痕。他一輩子都是自己修理摩托車和汽車。布熱佳也去與我公公告別，他彎下身來，吻了我公公的那雙手……

我們家的世交、帥氣畫家漢魯什・波赫曼爲我公公致的悼辭。這位畫家像幻影一樣出現在我面前，我從來沒見過這麼帥的人，也從來沒聽過這麼好的口才。後來在格萊戈里保齡球場裡人們開始談笑風生，氣氛逐漸活躍起來。我們又吃飯又喝酒，到最後都有點醉意，越來越開心了。只有我婆婆總也不笑，抽著煙，面色如土，她後來便一直是這個樣子。如今我公公弗朗茨因不在了，直到他去世，我婆婆才眞正了解到弗朗茨因的確是個了不起的男子漢，一直非常愛她。從此，我婆婆就變得沈默寡言，只是躺著，上午就睡覺了。有一隻老貓圍著她轉來轉去。她拒絕接受我弟媳婦給她的任何東西，她開始去看望住在維諾烏什小洋樓裡的鄰居們，甚至還去那裡看電視，她還打算把那裡的洗衣房改建成一間小廚房和小臥室，說要從她和弗朗茨因共同建起的小樓裡搬走，到一處像她小時候當姑娘，後來當年輕媳婦的時候住過的日登尼采・巴爾本卡那樣的房子裡去住。她對這樣的小房子像我丈夫一樣有著一種神聖的感覺。後來我婆婆希望我公公弗朗茨因埋在一個墳頭上有棵大白樺樹的墓地裡。我們便將貝賓大伯的骨灰盒和裝著我公公遺體的棺材埋在那裡。

10

沃拉吉米爾有時也到利本尼來，如今走動得更勤了，因爲他愛上了這裡的一位年輕姑娘，名叫維娜。沃拉吉米爾決定娶她，定於一九六八年八月二十一日在克魯姆洛夫結婚。因爲我丈夫曾經當過黛卡娜⑳的證婚人，所以這次也被沃拉吉米爾邀請去當證婚人。可是就在頭一天夜裡鄰居們把我們吵醒，利本尼所有的街道居民都起來了。整個城市、整個國家的上空都響著飛機的轟隆聲。俄國人降落了，隨後開來了坦克。我去上班時，看到了俄國兵、波蘭兵，布拉格有槍擊聲，一輛卡車開到了巴爾莫夫卡，上面站著一些年輕人，拿著一面血染的旗子。可是我丈夫想坐車到克魯姆洛夫去參加婚禮，卻被坦克

⑳沃拉吉米爾的前妻。

阻住了，他只好回來。他想經過斯特羅斯馬耶拉克繞道去，可是那裡也停著坦克不讓他過，我丈夫一再請求放行，說他要去參加一個婚禮，他的朋友要結婚，他是證婚人，必須去。全城的人都驚呆了，我的丈夫於是沒去參加這場婚禮。他換了衣服進城去了，遇上馬利斯科，兩人便一起到瓦什坦因宮去看展覽，他們使勁捶門，馬利斯科先生也一再喊著：「開門吧！把我哭喊著捶打的這扇門打開吧！」門縫裡響起了一個聲音說：「展覽會延期開放！」我丈夫和馬利斯科先生都捶門喊道：「你們這樣做要負責任的！開門吧！已經十點了，展覽該開門了！」

在我丈夫與馬利斯科告別的這個上午，這位詩人，為了紀念他所見到的這一切，回去寫他的情詩《獻給易北河畔的萍蓬草》去了。我這位哪兒都少不了他的丈夫，據他後來跟我說，在瓦茨拉夫廣場那兒遇見了捷克斯洛伐克作家協會外事部主任，說如今蘇聯的大炮正對著他們作協的窗口，說這座上了炮彈隨時準備發射的大炮正停在舒林卡酒家旁邊。這位主任身邊還跟著一個疲憊不堪的人，作協外事部主任一見到我丈夫就高興地說：「親愛的，我給你介紹一下，這位是著名作家伯爾㊶，他想去看看廣播電臺。」這位主任眼睛裡充滿著恐懼，她是猶太人，在第二次世界大戰時也有過自己的一段……我丈夫於是上了瓦茨拉夫大街，大街上下儘是一群群憤怒的年輕人在高呼著「杜布切克㊷

萬歲！」的口號。到處停著滿載蘇聯士兵的軍車。伯爾驚訝地望著他們嚷嚷道：「我親愛的博胡米爾，你看，他們那雙手！他們那一張張臉！他們那滿是泥巴的膠筒靴子！……好像剛從前線下來！」軍車停在那裡，士兵們微笑著，而拿著旗子的年輕人隊伍從上到下又從下到上地在瓦茨拉夫大街來回走著，從旁邊的街道上又走來了一群年輕人，都在高呼：「杜布切克萬歲！自由萬歲！」作家伯爾從一個小紙口袋裡倒了些白色藥粉到嘴裡，他的兩隻手在發抖，藥粉撒在他身上。就像我丈夫說的，樣子像個受苦受難的農民。伯爾在聖・瓦茨拉夫銅像那兒轉過身來朝下看，年輕人推推撞撞朝他湧來，伯爾只是一個勁兒地重複喃喃著：「聖母瑪利亞呀！」我的丈夫努力安撫他說：「不要緊的！」他們就這樣頂著人群一直走到史達林街口。這兒已經沒那麼多人了，街上停著幾輛蘇聯坦

㊶伯爾（Heinrich Böll; 1917-1985），德國作家，一九七二年諾貝爾文學獎獲得者，所寫關於第二次世界大戰期間和以後德國艱苦生活諷刺小説在世界上享有盛名。

㊷杜布切克（Alexander Dubček, 1921-1992），斯洛伐克政治家，捷共中央領導中的改革派，一九六八—一九六九年爲捷共中央第一書記，他反對以前蘇聯爲首的華沙條約軍進駐捷克斯洛伐克，一九七〇年被捷共開除。

克，他們不得不走進一家砸壞了的傢俱店裡。我丈夫對我說，伯爾突然變得機靈起來，小心翼翼地邁過打碎的櫥窗玻璃渣和傢俱。他步伐準確，像貓步般輕巧，全身都在警覺地聽著……廣播大樓的這條街上，也停著蘇聯坦克，其中一輛坦克上的炮口正對著大樓的窗子。另外兩輛著了火，有一輛上面的火勢很猛，兩名蘇聯士兵在滅火……伯爾抓著我丈夫的手悄聲對他說：「我親愛的博胡米爾，我在戰爭中度過六年光景……我是在第二線的，不僅攻佔了巴黎，而且還到了東方……作為一名士兵，我一直到了克裡米亞半島……後來又逐漸往後退……我在科隆被俘了。」我丈夫問他：「是在易北河畔？」「不，」伯爾說，「萊茵河畔。我就是科隆人。我們繼續往前走吧！」伯爾又一步一步地邁著，輕盈而又小心，彷彿在奪取一座城市……就這樣，我丈夫和伯爾擠到了那些被年輕人包圍起來的坦克跟前。那些人繼續在高呼「杜布切克萬歲！」，可是坦克上面及靠在坦克上的士兵們卻毫不在意，很平靜，彷彿只是在進行一場軍事演習。兩名軍官也被年輕人包圍著。那些年輕人正用俄語在與他們辯論。可是軍官們的回答都很簡練，且面帶微笑。伯爾站在那輛著火的坦克旁邊輕聲對我丈夫說：「這事兒要是發生在二戰時的德軍面前，那恐怕會立即開槍，就地鎮壓。」又有一輛坦克被點著了，潑在上面的煤油和汽油燃燒起來……蘇聯士兵們重又跳到坦克上，用外套和毯子撲打著火焰，拚命滅火，有的還在邊撲火邊笑著。那邊人行道上有一灘血，血泊中有幾面國旗……幾束鮮花，軍官們仍被憤怒的年輕人包圍著，年輕人用俄語和軍官們對話。軍官們面帶微笑，與此同時士兵們站在那兒，背靠著坦克，手裡握著槍，有的將槍枝隨便掛在蹲著的膝蓋上。……伯爾點了點頭，便又轉過身來，慢慢地回到被掃射得稀巴爛的店鋪裡，走進破碎的櫥窗，碎玻璃渣在皮鞋底下吱吱作響……伯爾對我丈夫說：「那個二百五赫塞在五十年前曾經寫道：『……半個歐洲都走在通向混亂的道路上……帶著神聖的熱情奔向無底深淵，還一路歌聲不斷……簡直是喝醉了酒在唱讚美詩。』就像迪米特利．卡拉馬助夫……」我丈夫興奮地說：「啊！卡拉馬助夫，這可是我感興趣的人物。啊！還有梅什金公爵和斯達夫洛金……」伯爾微笑著，撫摸一下我丈夫說：「我，我是杜思妥也夫斯基哺育大的，我是契訶夫哺育大的。我懷著滿腔熱情投入戰爭，因爲我想待在戰爭現場！我，親愛的博胡米爾呀，是作爲一名志願兵參加的呀……如今我站在這裡，懷著懺悔的心情。如今我在這裡的心情更壞，比我在被俘的半年中要更壞……」

這個八月的夜晚，我在家裡坐著，爐子裡生著火。室外很暖和，可我們家裡大熱天也得生暖氣……此時此刻，我丈夫正領著伯爾在逛布拉格。……我剛從我丈夫那裡得知，伯爾的確是位大作家，我丈夫還對我描述，他們如何從瓦茨拉夫大街擠著走過沃吉支卡街，一直擠到雅馬街，在那裡找了一家飯店，就著燭光喝啤酒。可是伯爾只喝了一小口，便再也沒碰啤酒杯，於是我丈夫便幫他喝光了杯中的啤酒，因爲伯爾說他的肝有毛病，只喝了汽水，還從小紙包裡倒些藥粉吃，撒得滿膝蓋都是。「伯爾接著往下講，但他不是跟我對話，」我丈夫說，「更像是自己在懺悔、在自責。因爲他發現希特勒軍隊打輸了第二次大戰，這失敗便把這些俄國人招進了布拉格，如今第二次進了布拉格……『有一天，這不會太久，這些軍隊會一直開到萊茵河那邊去……我親愛的博胡米爾呀，』伯爾說，『如今我在這裡見到了他們，這些蘇聯士兵。我們在東部戰場即使都像最勇敢的兵團一樣戰鬥，照樣還是得輸，因爲希特勒已完全拋棄了謹慎，而在蘇聯軍隊身上表現出了這種謹慎，這就能勝利。……我親愛的博胡米爾啊，昨天我還作爲捷克斯洛伐克作家出版社的客人坐在他們二樓上，而今天卻有一門大炮在瞄準它。這就叫歷史啊，我親愛的博胡米爾呀，如今剛好在這裡、在布拉格讓我碰上了。我們開始的總體戰，蘇聯人用總體戰回敬了我們。如今我才明白，直到如今，在這裡才明白……昨天在愛德華㊸那兒，巴威爾·科霍烏特㊹對我談到他與詩人葉夫圖申科㊺的談話，『你們有多少人？』葉夫圖申

㊸愛德華（Goldstücker Eduavd），捷克文學評論家和理論家。

科問。巴威爾回答說一千四百萬……葉夫圖申科便對他說：『那麼你們不可能有獨立的政治。』對，我親愛的博胡米爾，羅馬士兵走到哪裡，羅馬權力便到達那裡。如今我明白了，爲什麼杜思妥也夫斯基、托爾斯泰爲他們的父輩和祖輩打敗了拿破崙而感到自豪與驕傲；如今我明白，所有蘇聯人包括葉夫圖申科都爲他們打敗了希特勒而感到驕傲。因爲，在紐倫堡不僅政府成員受到審判，連我也受到審判，整個民族都受到審判，就像卡爾·雅斯培所說的那樣。在雅馬街、在布拉尼茨基·斯利貝克，伯爾都這樣難過地輕聲講述著。我們坐在靠燭光照亮的半明半暗的屋子裡，外面還在響著『杜布切克萬歲！』的口號聲。突然，坐在我們旁邊的一個人站起身。當我在只靠一根蠟燭照明的暗黑中對這個人說這是伯爾時，也沒能幫上我什麼忙。我們於是又來到街上，逆著年輕人的人潮和旗子一直擠到伯爾所住的那家旅館。我們站在阿克羅旅館的地毯上告別。伯爾重又變

㊹巴威爾·科霍烏特，捷克作家、詩人、劇作家，現僑居奧地利，爲歐洲文學做出貢獻，獲奧地利國家獎。

㊺葉夫圖申科（Jevgenij Jevtušenko, 1933-），俄羅斯當代作家。

得憂鬱而嚴肅，眼睛下面有道黑圈，樣子活像一個受苦受難的莊稼人。」我丈夫說完之後，我放聲大哭了，因爲我也經歷過這樣的一天，在萊特納廣場那兒，他們用槍托驅趕和毆打我們，把我們攆到萊特納一個地下室電影院裡，我和海尼、還有我的父母親在那裡坐了整整一個星期……

幸好我早就報名參加合作建房活動並付了錢。我剛一結婚就報了名。等到一定時候，也能住上樓房，有自家的廁所、暖氣，有三間房，雖然小，但它卻是我們自己的，還有自己的廚房。特別是廁所和浴室，我太想要了。對這我一輩子都念念不忘，因爲我在娘家一直有這些。在一棟有十三個房間的洋樓裡，我曾跟媽媽、爸爸，跟姐姐湖翠，兩個兄弟卡雷爾和海尼幸福地生活在一起。而在利本尼，如今每當我回到家，打開宅門，兩腳就踩在水裡，每當我打開廚房門、臥室門，從天花板上滴下水來，地毯泡在水裡，不管我朝哪兒看，到處都在滴水，因爲發生了一件事：英達，就是那個娶了個漂亮新娘的小伙子，因爲他老是喝酒，後來他老婆帶著小孩離開了他。他早晨燒茶、沏完茶晾著，卻忘了關水龍頭，水流了整整一上午。到中午，英達的爸爸來的時候才把總開關關了。可是在這六個小時裡一直流著的水已經進到了我們的房間，也就是我丈夫永遠不願意離開的地方。當我告訴他我已報名參加合作建房時，他叫個沒完：「永遠也不搬！永遠也不搬！我的房子在利本尼！我留在這裡，哪兒也不去！」我打開衣櫃，裡面全是水。唉，可惜了我的衣服啊！我唯一能做的事是撐開那兩把傘，一把藍色、一把粉紅色的，那是我丈夫醉得糊裡糊塗時給我買的。我氣得淌起水來，就像夏天在洛西里冒雨在水坑裡淌水一樣。我娘家在洛西里有所小別墅，夏天住的，如今成了幼稚園。如今我卻浸在冰冷的、有股石灰臭味的水裡。我打開窗戶，繼續在深到腳踝的水中走著，我在溼透的地毯上走來走去，直到心情平靜下來為止。我將東西都收拾到箱子裡。我們的貓兒亞當彷彿不僅曾預料到會開來軍隊占領布拉格，而且還預料到牠的這住宅、這個窩、這窗戶、牠所喜歡的這一切將被水浸溼，這院子裡所有熱鬧的家庭聚會不只是延遲到其他時候，而且是永永遠遠無指望了。在幾天前的深夜裡，友軍開進這座城市，彷彿將永遠駐紮在這裡。不僅是我們的貓兒亞當，甚至我們的爸爸也及時逝世了。我爸爸死的時候，面帶笑容，彷彿他知道，反正也熬不到軍隊開來，因為我瞭解爸爸這個人，他一個勁兒地看錶，生怕耽誤收聽來自世界各地的消息，生怕漏掉什麼和平盛事。

自從俄國人來到布拉格之後，我丈夫，這位哥特瓦爾德國家獎得主，一直在等著會有輛小汽車從公路上拐過來把他帶走。他害怕這一時刻。所以他特別喜歡在森林中、在村子裡走動，有時搭公共汽車上布拉格。我丈夫喜歡乘公共汽車，根本不愛坐小汽車。

要他坐小汽車，簡直是受罪，還不知找個什麼地方停車，也不能多喝啤酒，他受不了汽車排隊等紅綠燈，一碰到這種情況他便急得罵粗話，眼睛也脹得疼起來。他寧可坐公共汽車，一路都在遐思冥想，要是有人在公共汽車上找他聊天，他可不樂意哩，他只是這麼坐著，兩手在胸前交叉抱著，彷彿自己就是他心愛的姑娘。他兩眼望著原野，單調乏味的田野平原，彷彿老是從那裡看到點什麼，彷彿對這原野中的東西表示同意。他對這乏味的平原微笑，還說這田野在對他微笑。他就這樣常常乘公共汽車出去，有時，當他突然被一種恐懼之情攫住，特別是當他從收音機裡聽到說他和另外幾個作家被捆綁起來帶到一個誰都不知道的地方去了時，他更緊張，老盯著通向我們大門的林蔭道看，直到眼睛都看疼了，也沒有誰拐到我們這裡來過，並沒有一輛小汽車來把他帶走，於是他便搭公共汽車出去，在公共汽車上他用不著害怕任何人，也根本不在乎車子往哪兒開，開到哪兒都行，只要能坐在這車上。他在車上閱讀、吃著抹了奶油的麵包，等他坐到終點站，便又搭車往回坐。一回到家便向鄰居們打聽：「有沒有什麼人來找我？有沒有什麼小汽車開到我們門口來？」

死去的公貓亞當給我們送來的三隻小貓見我老餵牠們牛奶和切碎的肉末，已經不再逃跑了，甚至還要跟我賣弄風情，待在遠處，彷彿我在撫摸它們。牠們在地上打滾，或蜷縮成一團，遠遠地待在那兒對我微笑。牠們倒是很想來跟我親熱親熱，可是總還有些猶豫，讓我白費勁地向牠們伸那麼久的手。小貓們甚至已經閉上眼睛，眼看我的手就要摸著牠們了，可是牠們的恐懼心還是強過一切，突然一下又總是飛跑開去。然後又重來一遍：這些小東西重又遠遠地待著、愛慕地盯著我，對我溫柔地喵嗚喵嗚叫著，彷彿在向我表示歉意，表示今天還達不到我的要求，下次再試試看，牠將努力克服自己的膽怯……就這樣日復一日，每當我來到這裡，和我丈夫吃飽了飯，將通向我們家的道路看了個夠時，我便起身將一個乾淨碟子放到板棚後面，倒了點牛奶進去，小貓聽見倒牛奶的聲音便走出來，用牠們的小粉紅舌頭大口大口地舔吃起來，弄得牛奶都濺到碟子外邊了。我立即放下牛奶罐，騰出手來想去摸摸正在舔奶的小貓，可是沒成功，小貓總是在我的手觸到牠們之前就跑掉了。我還不死心，一隻手往碟子裡倒牛奶，一隻手悄悄地想去搔搔其中舔得最愉快的小貓，可剛一碰到牠的皮毛，牠便蹦跳逃掉了……我只好放棄觸摸牠們的念頭。我們學會了遠距離地互相傾慕，而這個距離總算縮短了。有一次當我坐在某個地方閱讀時，有個東西甚至從我後面碰著了我，根據那影子，我看出是一隻正在跟我的圍裙角嬉戲的小貓。於是我總是坐到那木墩子上閱讀，一個星期之後所有三隻小貓都來玩我的圍裙角兒。我透過這圍裙感覺到，當那三隻小貓碰著我，玩得那麼專心盡意，像拉到一條小魚一樣地在我身後拉著我的圍裙時，我有多開心啊！我感到幸福極了，我丈夫也停止了劈柴，望著我們會心地笑著，因爲他知道，這是我們死去的亞當給我們送來的小貓；他還知道，只等一下雨一下雪，冬天一到，這些小貓就會自己來到我們的前廳，然後進到廚房……

這時期沃拉吉米爾到廢紙回收站來看望過我。他還像幾年前那樣充滿著自豪。我驚奇地發現他現在的妻子使他大有改觀，看來他的第二次婚姻相當圓滿。可是沃拉吉米爾對我說：「博士夫人，您看見大炮正對著捷克斯洛伐克作協嗎？我原來以爲這些俄國人開進來只是因爲他們知道我正要在那一天結婚，想把我的婚禮破壞掉，以爲這些坦克都是衝著我沃拉吉米爾一個人來的。結果完全不是那麼一回事！他們是對著那些橫行霸道的知識界當權者來的！我給他們寫過文章，寄過請願書——我的宣言，他們卻在《文學報》上拿我開心，拒絕我的畫作！如今可有他們好受的囉，他們都像被捏在手心裡的小老鼠。謝天謝地啊！您家博士在哪兒？人家都說，您把他藏在克斯科，說他有個掩蔽所，他害怕陽光，是嗎？我眞高興自己活到這一天，如今知識份子往上爬不了?!這些俄國人就像是我叫來的，就像我搞的爆炸藝術一樣把他們搞到了《文學報》。請您轉告博士先生，他那些《花蕾》會印出來的，可是也請您轉告他，等印出來之後，又會怎麼樣呢？恐怕會跟他的《家庭作業》同樣下場。雖然付印了，也裝訂好了，可是永遠也發行不了。

這些我都瞭若指掌！我並不可惜這三萬五千冊《花蕾》，我甚至還樂意嘗嘗這種滋味：他們把這些書送到這廢紙回收站來，我的每套七幅的三萬五千套插圖，那總共就是二十四萬五千幅我的插圖，也將被搗成紙漿。這難道不是妙不可言嗎？您知道，親愛的太太，等到這兒堆上二十四萬五千張沃拉吉米爾的插圖，將是我最美好的一天，說明他們沒有理解我、排擠了我，將是我最大的感受。整個捷克斯洛伐克作家協會、一整個橫行霸道的文壇統治集團，他們印行《文學報》，每週四萬份，卻哪兒也見不到關於沃拉吉米爾．博烏德尼克的一個字。……要是博士先生沒法給《文學報》寫稿，那他怎麼辦？要是他的書出版不了，那他怎麼辦？那門大炮就像反對他們的一個象徵正對著捷克斯洛伐克作家出版社二樓那塊標牌哩！您知道嗎？我如今有空，將在維奧萊㊻舉辦作品展覽會，讓博士先生也試著就我的畫展說幾句話吧！讓他找到勇氣爲我的版畫展致開幕辭吧！」沃拉吉米爾說完，笑了笑，重又那麼自豪，儼然像個得到冠軍的角色……

㊻維奧萊，布拉格一文化活動場所，位於民族大街原作家出版社旁邊。那裡經常舉辦展覽會、音樂會、文學講座等文化活動。

我們的廢紙回收站如今來了很多書，有尚未發行問世的新書，有勒令從書架上取下來的，有從書店、圖書館清理出來的，有那些自從兄弟部隊開來後待在國外沒回國的、被除名的作家的，或者屬於被清算作家之列的人的書。我丈夫需要他的工作單位作協的一張在職證明書，可是他害怕到那裡去，便派我去了。我一走進這座幾個月來一直有門大炮瞄準著的大樓，走到暗黑的二層樓上一個房間裡，便看到一位還沒梳頭的老太太。已經是上午十一點，她還在梳頭。等我一走進去，她正拿起一把牙刷，放到一隻芥末醬玻璃瓶裡，還咯咯響了一下。老太太跟我一道走進洗手間，她把廁所裡抽水馬桶上扯斷了的鏈子指給我看。一聽說我不是維修公司派來的修理工，而是來幫我丈夫要在職證明的，便大失所望，並告訴我說她原來就住在這裡，從作家們搬出去的時候起，便又將這間小房間還給了她。於是我又走進一間坐著一位年輕太太的房子裡，當我對她說明來意，她便對著一扇敞開的門喊道：「我們可以給博胡米爾・赫拉巴爾開在職證明嗎？」辦公室裡一個男人的聲音回答說：「絕對不行！赫拉巴爾不是屬於清算作家之列嗎？」我也不饒：「那你們就給我開個『屬於清算之列』的證明吧！」那位年輕太太重又停止吸煙，衝著辦公室問道：「我們可以給國家獎獲得者開一個已被清算的證明嗎？」有個年紀較大的身穿格紋人造纖維服的男人走進來，讓我到瓦茨拉夫大街勞動出版社最後一層樓上的清算委員會去問問看，那裡有個一有空就修理鐘錶的職員，是專替被清算的作家開證明的。他還補充說了一句：「如今該由我們坐轎車？！」我便說：「那就告別啦，告別啦！走您的陽光大道去吧！」我走出來，來到通向烏爾什林基的人行道上。瞄準作協大樓的大炮早已不在這裡了，可是對於我和我丈夫來說它還一直在這裡。隨後我在瓦茨拉夫大街找到了門牌號碼，便乘電梯眞的上到最後一層樓，在那裡找了一會兒，終於找到一間頂樓小房，讓我吃驚的是那兒還眞有一個男人眼睛上夾著個鐘錶驗測鏡坐在桌旁。我對他做了自我介紹，告訴他我爲何而來、是誰告訴我到這兒來的。那男人繼續用個小螺絲刀從一個袖珍懷錶裡取小螺絲，然後對我說：「門都沒有！博胡米爾的確需要一張新的職業身分證，可是現在並不發放這樣的證明給被清算的作家。被清算的作家如今算不得一門職業……」

我將吸塵器拿到我們公司一位老電器修理工那裡去修，是我丈夫坐了輛小貨車送去的。那天我給什克沃列茨基的《幼獅》開了收據，幾乎運來了滿滿一車廂。我丈夫走到裝滿《幸福》的造紙廠房去了，如今他來取吸塵器時，帶來了幾乎百十來冊書，書名叫《幸福》，斯特朗斯基㊼寫的……我說：「喂，那個斯特朗斯基是誰呀？他的那本《幸福》是個啥玩意？」我那寶兒爺來精神了：「耶！這是上帝親自給我送來的呀！哎，我昨天還跟他在一塊兒來著。他在卡爾林納有個油泵。瞧，這可眞是巧遇！我對他說，『把你那本《幸福》借給我一下吧，我想拿它與貝茨卡先生的書做個比較，他也是被淸算的。』斯特朗斯基一邊幫我的汽車加油一邊對我說：『喲，朋友，我只有一本《幸福》……而這一本還是從斯洛伐克借來的，已經破舊不堪了。』」我丈夫於是來到廢紙回收站，把我們的舊吸塵器搬出來，往貨車裡裝了好些《幸福》，把那百十來本小書統統裝上去。我們一直開車到卡爾林納……我那寶兒爺又突然容光煥發：「瞧，那斯特朗斯基是貴族家庭出身，住過大莊園，要是像我一樣，長得更帥一點就好了！這本《幸福》談的是監獄裡的事，寫得眞棒，一流之作。不是哭哭啼啼的，他在那裡顯得很勇敢，就像莫哈㊽在《冰

㊼斯特朗斯基，捷克作家、劇作家、翻譯家。一九五三年以叛國罪判刑監禁八年，出獄後幹過水泵、油泵工，從一九九〇年起任捷克文學基金會外事部主任，一九九二年爲國際筆會捷克中心主席。

㊽莫哈（Alphonse Mucha, 1860-1939），捷克著名畫家，曾在慕尼克、巴黎學習美術，一八九四年末爲著名女演員S・伯恩哈特主演的戲劇《吉斯蒙達》畫海報，並作招貼畫、月份牌、裝飾畫，爲很多雜誌作插圖，曾四次赴美，畫有一組20幅大畫《斯拉夫史詩》，一九二二年仍回捷克定居。

冷的太陽》裡一樣，描繪也是的監牢……」可是，請注意：這可是一位讓人喜歡的美男子！我在油泵旁見到了這位斯特朗斯基。頓時我就爲我的寶兒爺不會穿戴而感到遺憾。斯特朗斯基站在那兒照看油泵，一臉黑色的絡腮鬍，富於伯爵風度。在他拉開錢櫃時，我暗自說，我以後只來這裡而再也不到別處去加油了……這兩位被清算的作家已在相互友好地揮手，我丈夫已經站在他旁邊。一比較，眞可怕，我的寶兒爺自從我們住到克斯科以來活脫脫像個老農。如今斯特朗斯基走到小窗口這邊來了。我將手伸給了他。我那寶兒爺總是先伸手給每個婦女，而斯特朗斯基，因爲有教養，知道必須等著我向他伸過手去，他還吻了一下我的手背，向我一鞠躬。只有當年常上我家別墅的軍官們才這樣吻過我的手……我丈夫打開大閥門，將那笨重的管套接在油泵那兒，往裡頭加汽油的是斯特朗斯基。只見油泵後面那閥門的綠蓋掀起，就這樣開始灌上了。斯特朗斯基興奮地來回跑動，跟瘋子似的高聲叫嚷，又跑到我跟前來嚷嚷一通，大概是感謝我給他送來了書。他又吻了我的手，弄得我手上溼乎乎的。然後又大聲喊叫著跑進他的四周裝著玻璃窗的小房子裡，仰天躺到長沙發上……我那寶兒爺已鑽進貨車裡，將灌油的套管扔在身後，他閉上眼睛，滿心歡喜地微笑著。你要是看見他那副神氣的模樣就好啦！當我將那一百本《幸福》倒到斯特朗斯基的車後備箱時……他那高興的樣子簡直嚇人。

11

沃拉吉米爾曾在我上班的時候來看過我。他來向我誇耀他媽媽幫他買了一套漂亮衣服，像時裝模特兒一樣在我辦公室對我表演了一番，他還拉起褲管讓我看他穿的新襪子，在那兒脫下外衣，讓我看他的新毛衣，甚至還想解開褲子的前拉鏈，脫下褲子，因爲他穿了條乾淨的新內褲。不過這只是一種藉口，只是想平靜下來喘口氣罷了。然後他就直截了當說明來意：「年輕的太太，我要辦場展覽會，這您是知道的，沃拉吉米爾要開畫展了！」「在哪兒？」「在維奧萊。系列版畫以及最近創作的一些單幅畫。年輕的太太『越禁越多』。您的夫君、博士先生本來可以爲我主持開幕式，可是他現在屬於哪一群？屬於被清算的作家之列。爲什麼呢？因爲開來了鎮壓粗野知識份子的軍隊，這些暴亂的知識份子不僅發行《文學報》，而且還出版帶有粗野精神的書籍。請您轉告您的丈夫博士先生，他可以在星期二來看看我的展覽。」說完後又像服裝模特兒一樣轉過身去：「會讓人大飽眼福的。我的爆破主義㊾已經傳遍世界，到處都知道。我在邁阿密舉辦的展覽表明，我比美國人超前兩年，比波洛克㊿走得還要遠。那裡人們是知道的。在法國還有一篇關於我的文章，只是在這裡，誰都不知道我，因爲在這裡當權的是——誰來著？粗暴的《文學報》。所有被清算的作家都躲藏起來了。現在是一個誰也不管我的自由自在的好時機，誰也沒法阻止我介紹我的爆破和振動濺灑藝術，介紹我的既有千萬年傳統，又猶如剛剛誕生的東西，我將阿爾塔米拉洞窟壁畫與社會主義的爆破藝術手法結合在一起。展覽將在長時間一直瞄準著捷克斯洛伐克作家出版社二樓的蘇聯大炮炮筒的陰影下舉辦。」沃拉吉米爾說完離去，辦公室的女職員們除了敲打幾下打字機之外，一個鐘頭什麼工作也沒做，沃拉吉米爾使他們感到震驚。他的確又成了一位美男子，頭髮修剪得漂漂亮亮的、額頭上還垂著一撮栗色的鬈髮，頭頂的鬈髮一直拖到後腦勺下，還有幾個卷花微微觸著了他的耳朵……

㊾爆破主義，是一種藝術主張，通過振動將顏色大塊地濺灑在畫紙（布）上形成的畫面。

㊿波洛克（Pollock, 1912-1956），美國抽象表現主義的代表人物，以在畫布上滴濺顏料作畫著名，對美國繪畫影響較大。

可是沃拉吉米爾想成爲更大的世界大師，成爲更著名的冠軍，連這座對準作家出版社大樓的大炮、連他自己的婚禮，這一切對沃拉吉米爾來說都算不了什麼，因此我們那些女職員都爲他而瘋狂了。當沃拉吉米爾跑來告訴我說他要在維奧萊舉辦畫展時那氣勢讓她們覺得，只要我在某方面表現出半點懷疑，他恐怕就能把我宰了，她們甚至認爲他可能眞的希望我對他的展覽有所懷疑，然後他便會不容置疑地輕而易舉地捅我一刀，他可能用刮鬍刀將我輕輕一割，用一根絲編的繩子將我勒死，甚至他不費吹灰之力。在他心中充滿如此這般壓抑著的激憤……早晨我去上班時，驚訝地拍了一下手掌告訴她們，我丈夫對我說了些什麼。他說，沃拉吉米爾在維奧萊辦展覽那天，甚至讓人在《布拉格晚報》上寫文章說是我丈夫爲他宣布了畫展的開幕。可是他既沒寫信告訴我丈夫這件事，也沒讓人轉告過他這件事。只是膽怯地問我丈夫是不是會去看他的畫展。就在展覽會開幕的時候，他太太正在巴特羅某個地方跟她的老同學們聚會。沃拉吉米爾將他的作品畫頁印刷品散發給來參觀展覽會的客人們，可是有人拒絕接受，說是不感興趣。有個人問沃拉吉米爾是不是知道聶茨維爾的移畫印花法，是不是知道馬蒂厄這個名字，他要是知道的話，那他就是個剽竊者……沃拉吉米爾於是喝得醉醺醺的來到巴特羅他老婆那些興高采烈的老同學那兒，他們都是高中畢業五年的學生，二十二、三歲的年輕人，其中一個問沃拉吉米爾的妻子說：「這位是你爸爸嗎？讓他坐到我們這兒來吧！」維娜大笑著向他們介紹說是她丈夫，而她的同學們仍把他當做維娜的父親那樣對待，開他的玩笑。沃拉吉米爾使勁用大嗓門壓住他們，站在那裡將所有他對自己最華麗的評價講給他們聽。說他的爆破主義藝術和他本人都是天下第一人、世界級的健將。可是他老婆的同學們卻笑得前仰後翻發出尖叫聲。臉色蒼白得發青的沃拉吉米爾很傷心。在巴特羅，沃拉吉米爾是孤軍一人來對付這高中畢業已經五年的喝醉了的整個一班人和他老婆。他老婆總把沃拉吉米爾認爲千眞萬確的事當做玩笑……沃拉吉米爾獨自走回家，在釘在牆上的椿子上拴了根繩子，他以爲會有人來，可是誰也沒來，沃拉吉米爾上吊了，自殺了。當時他想，走來的人會將他從繩子上解下來，就像在此之前解過五十次那樣……

我丈夫在火葬場爲沃拉吉米爾致了悼辭。他像在湖上一樣大聲吼叫，激憤地捏著那頁紙，念著短小的句子，彷彿在面對一座森林大聲地呼喊：「沃拉吉米爾呀，你吧嗒一聲親了一下死亡之馬，牠便來到了這裡！……」就這樣，我丈夫的摯友沃拉吉米爾離開了人世。他們兩人好得跟一個人一樣哩！

我丈夫參加葬禮後回來說：「唯一的、眞正的世界冠軍、大師級的沃拉吉米爾，現在我算是看到了，如今，當他親吻了他的死亡之馬，我才感受到，最棒的意味著什麼，只有沃拉吉米爾配得上！直到如今，當他已經離去，我才明白，不僅他所做的，我指的是他的插圖、版畫，不僅他所寫的，他的那些宣言和他的手稿，這一切只有他……只有他才能……本該如此，任何東西也不能置於他的爆破主義之上，任何哲學、任何精神病學、任何文字，以至任何政治都不比沃拉吉米爾奉為至高無上的蒼天更強有力。就該這樣！儘管沃拉吉米爾知道，這世界上還有喬伊斯、貝克特和艾略特，他知道還有達利和畢卡索，但他們都在他之下，必須在他之下，因為在他心中有這樣一股要成為普通插圖版畫中的出類拔萃者的力量。所以他才居高臨下地看我，所以他才如此地仇恨文學人和所有文學報刊，因為他自己就是自己的上帝。而這些文化人，他給他們寫了這麼多的信、這麼多的宣言的文化人，他為了讓編輯們相信他，給他們寄了這麼多的插圖版畫，可他們竟然不通情理到無以復加的地步，連一封信也沒給他回覆……所以他才這麼幸災樂禍。他知道得很清楚，這門對準作協的大炮實際上是替他來報仇雪恨的，這門大炮實際上是他，沃拉吉米爾用來指著他敵人的一根指頭，因為沃拉吉米爾想更充實更實在地活著。」我丈夫對我說了這麼一大段話。

克斯科的雨季來臨時，幸福便隨著雨天回到我們這裡。當全身溼漉漉的小貓們在拚命地喝著牛奶時，不僅讓我們撫摸牠們，而且還讓我們任意把牠們抱在手裡。我這個沒有孩子的人於是輪流跟小貓親熱著。牠們依偎著我，我簡直幸福到了極點。當三隻小貓都蹲在我大腿上打呼、小腦袋枕在我手掌上時，我丈夫站在旁邊看著我們，微笑著，在我與小貓共處的片刻，忘記了自己的那種恐懼，這是一幅聖潔的畫面，聖潔的家庭！特別是當天氣涼得逼使小貓們一隻挨一隻地走進廚房、趴在爐灶邊取暖，我給牠們將食物盤從板棚端進廚房時，那幾隻小貓便成了我們的小乖乖了。第一隻來吃東西的總是那隻黑白條紋小公貓，牠的名字跟以前的那隻一樣叫亞當。第二隻來吃飯的是查西尤斯，是隻黑色小公貓。第三隻來吃東西的是小母貓瑪尼奇卡，牠有點兒發育不良，是三隻小貓中膽子最小的。這三隻小貓該幹什麼，一切由亞當來決定，其他兩隻總是等著亞當先行動。當我們已經關燈，外面嘩啦啦下著雨，第一個敢上床的便是亞當，慢悠悠地躺到我丈夫的腦袋旁邊，跟著牠跳上床的是查西尤斯，然後才是瑪尼奇卡，牠像莫拉維亞的一位詩人一樣總是睡在我們的腳那塊地方。有段時間我們常到那位詩人家去走動，他不止一次地驕傲地對我們說，他出身在一個鐵匠家庭，是最小的一個，他的六個兄姐睡在一張大床上，而他，因爲個子小，總是睡在腳頭，就跟我們的瑪尼奇卡一樣。那隻帶頭貓的眼睛跟死去的亞當一樣，牠總是直盯著我和我丈夫的眼睛，直到我們閉上眼睛爲止。當我們從布拉格回到這裡來，當小貓們已經不指望還能見到我們，當我們的汽車轉到我們的林蔭道上，第一個來歡迎我們的便是亞當，然後是其他兩隻。第一個進廚房的是亞當，第一個敢於跳到我們的大腿上、鑽進我們懷裡的也是亞當，然後才是那兩隻。亞當也是第一個開始舔牛奶、吃飯的，然後停下來回過頭瞧瞧我們，彷彿不只是爲了謝謝我們，也看看我們的眼色。每隻小貓都有自己的地方，亞當總是蹲在我丈夫身旁，瑪尼奇卡待在我身旁，查西尤斯則在爐灶旁有牠一把椅子……到了晚上，當我丈夫上酒館裡去了（他每天都得去，我都睡著了他才回來），這段時間我便看雜誌、洗餐具、掃地，可是不管我做什麼，小貓都跟我一塊做……這幾隻小貓好像不怎麼會玩，從來沒時間玩，只是當我有時給牠們用繩子拴一隻紙鴿子，讓牠們來捉，牠們才這樣玩一會，可也只玩一會，更確切地說，只是爲了讓我高興高興而已。彷彿是牠們陪著我玩，而不是這些小貓在玩，因爲牠們總有些憂傷，老發呆，生怕我們把牠們扔在這裡不管，讓牠們自個兒留在這裡……

我丈夫在爐灶後面用磚架了兩格板子，成了暖牆根兒的一個隔板架。於是，那兩隻小公貓都各自有個溫暖的地方。這些小貓從不打架，亞當選了第一塊板子，接著就是查西尤斯，剩下最後一塊是瑪尼奇卡的。牠的性格像卓別林，牠不僅讓牠的兩個小兄弟開心，也讓我、有時甚至讓牠自己開心，就像卓別林在電影裡那樣，個兒那麼小，那麼動人。小貓們淸洗身子也是這個次序，先是自己洗自己，然後互相洗，用舌頭，舔得很認眞，還瞇著眼睛。這種互相用舌舔洗眞是貓兒們的一種美妙儀式。我可以看上一個鐘頭，看小貓們怎樣地彼此愛護著，那小舌頭是怎樣地在牠們的脖子下面舔洗著。……我丈夫從酒館回來時，差不多總是跟弗朗茨先生一道，他們騎著自行車大喊大叫，老遠就聽得出來，他們究竟是從哈英卡這家森林飯店回來呢，還是從小鎭酒家或者從賽米克酒家回來。先得站在大門口衝著這雨水和潮溼喊上一通，爲林蔭道上有多少棵樹而爭論不休，就像酒鬼那樣爭吵著……我丈夫走進來時，小貓們有時便在外面等候他。我跟在利本尼一樣，睡覺不鎖門。我從來沒想過會有什麼人來偷或搶……我的丈夫走進來，踉踉蹌蹌東倒西歪：「小姑娘，你在睡覺嗎？弗朗茨要我代他向你問好，酒店老闆要我代他向你問好，還有弗朗達‧沃列爾讓我代他向你問好，還有哈馬切克先生讓我代他向你問好……」等他躺下來，先是亞當小心躥到他身邊，隨後那兩隻小貓也蹭過來。到半夜的時候，不管哪隻貓想出去，我丈夫都會爬起來，跌跌撞撞地爲牠開門，將貓放出去或者放進來，從來不發一句怨言，不罵一句粗話，因爲，正像他常說的，「這是我們的孩子們，既然還小，受照顧是天經地義的，儘管牠們分文不值。」我的丈夫、國家功勳稱號獲得者如是說。

12

我丈夫又被叫到利本尼人民委員會去了，仍舊是那個老愛問我丈夫新公民證上該塡什麼職業的年輕的粗魯傢伙叫去的。我丈夫仍舊想去當廢紙打包工，因爲被淸算的作家這算不上一門職業，就像人民委員會那個年輕傢伙所斷言的。我丈夫從那裡回來的那天晚上我家有人來訪。我丈夫看見外面有一輛帶帆布罩的軍用車，立刻穿起一件罩衣，又加上一件罩衣，我忍不住對他嚷起來：「喲，本事眞大，你這頭笨牛，你這個國家獎獲得者！他們只要一把你關起來，就會把你所有的衣服都脫掉，穿上他們給你的囚衣！」他想跳窗逃跑，可是汽車已經停在門前。我丈夫於是往下穿過地窖往林子裡跑，翻過籬笆朝小溪那邊跑去，藏在濃密的柳樹枝中……我後來只好走到溪邊去喊我這位國家獎獲得者，告訴他說，是他在奧斯特洛瓦的朋友看他來了。不是別人，而是《紅花》的編輯，他到布拉格去，找到了一份開吊車的工作，他來只是想告訴我丈夫，雖然他的確被捆綁起來裝在一個麻袋裡，把他運到某個地方，可是三天之後又放了他，最慘的是待在那麻袋裡，那輛軍車停在一家飯鋪門前，他們在那裡吃喝了五個小時，而他，這位名叫古比切克的編輯，卻被五花大綁地捆著裝在那只黑黝黝的口袋裡。不過他現在還活著，他邊說邊笑著，而我丈夫的臉色卻越來越發青，他的兩隻眼睛從窗口盯著那輛軍車。古比切克看出他的心思，不禁笑了，並說：「不是他們用軍車把我送來的。這是我自己的車，已經買了五年啦，是輛舊車，一小時走五十公里，可我們全家都坐著它出去過週末。那好，我走了。我到你這兒來，博胡米爾，只是想讓你放心，我還活在世上，只是，博胡米爾，當時待在那口袋裡不怎麼好受。我很高興來這裡一趟，好告訴你……讓你也為我難受一下，我不像你那麼勇敢，可是又有什麼辦法呢？我沒法改變我的性格。」他伸出他的大手，眞是男子漢的手，他還有一撮俊美的鬍子，一種非常甜美的微笑，即使已經走遠了，這微笑也仍然伴隨著他。他有點莊稼漢的風範，走路有點搖搖擺擺，然後他發動汽車，一轉彎就不見了。我丈夫仍在擔驚受怕，不知是不是有人見到這輛車來過我們家，他說：「他本可以從林蔭道開車來嘛，免得在公路上被人看見。誰知道呀，這裡經常有員警開車在這兒巡邏哩！」我對我的國家獎得主說：「傻瓜，但願你別嚇出尿來！」

我打了電話到利本尼人民委員會，那個折磨我丈夫的年輕辦事員不在，休假去了，我謝了一聲。第二天我就打發我丈夫到利本尼去，要他帶上兩本書，因為在那裡值班的是個女的。……於是我的寶兒爺下午到我上班的地方來的時候便搖晃著公民證，高興得直笑，就像平常那樣一高興就流出鼻涕，即使在那些女辦事員面前也用手背去擦鼻涕，還愛說上一句：「我們有的是手帕！」我的臉都羞紅了，連忙替我丈夫表示歉意，說那鄉下的環境使他成了這德行。可那位波仁卡，那次她一直跟我爭論，外國軍隊開來是好還是壞，波仁卡嚷嚷說這是好事，我卻說這不是好事，波仁卡就衝著我大聲說：「那你就領著你的博士到德國去吧！」……如今這波仁卡這麼說：「不用說了，我瞭解博士，他在這裡，從來沒帶過手帕，總是用袖子擦鼻涕！」我丈夫連忙上了車說：「是這麼回事兒！」按照俄國習慣向大家鞠個躬，腰彎得很低。……這一下他真好像不是一個被清算的作家，突然之間，至少在這一片刻，他又是頂尖人物、世界冠軍了……他說：「我去到那裡，那個女辦事員問我有什麼事，我說這裡有我的公民證，我的名字叫博胡米爾·赫拉巴爾。『什麼？』她不相信自己的眼睛，『赫拉巴爾，能看見您，我真高興！』然後轉過身去，找出我的資料，將我的身分證抽出來問道：『這裡面還缺什麼？』我說：『還缺一小項：職業。』這位女辦事員坐下來寫字，並說：『可是我的上帝！任何一個有教養的文明人都知道……您是作家呀！多麼好的作家！我讀過您所有的書，但我最喜歡的是《私產風波》。』說著便把公民證給了我。」

第一隻沒有回來的貓是亞當。牠長得像我們從前在利本尼餵養的那隻棒極了的公貓。在克斯科的時候，牠被我丈夫為獲得哥特瓦爾德國家獎舉辦的慶祝活動而嚇得跑了出去，到第二天早上也沒回來，從此再也沒回來。……查西尤斯和瑪尼奇卡夜裡跑出去，喵嗚叫著到處尋找牠、傾聽，尋遍板棚、森林，但牠們這位老大再也沒有回來，小貓們很悲傷。後來，查西尤斯沒有回家，直到三天之後我丈夫才發現牠被夾死在鄰居裝柴火的小板棚裡，平常牠總是穿過板條鑽到裡面去的，可是牠沒注意到，鄰居在那裡又加了一道板條欄杆，結果便夾在板條間悶死了。我丈夫替牠挖了個洞，在一棵松樹底下，還將仙客來花撒在牠的墳上，在墳上放了一大塊木頭。

春天，穿著戰地制服的員警常在克斯科地區轉來轉去，扭動扭動門把手和木板套窗。每年都如此，看看是不是有什麼外人進去在裡面過夜。我丈夫坐在家裡，當這三個穿野外執勤制服的員警出現時，他正透過樹枝看著林蔭道。還沒等他們走到門口，我丈夫已經嚇得要死了。他以為，這些員警是來抓他的，會像對待編輯古比切克一樣把他捆起來放進大麻袋裡，會像運豬仔一樣地把他運到別處去，過幾天才會釋放他。……可是他們來了之後，只問我們是不是有人來偷或搶。我丈夫一聽不是來抓他的，高興得很慇勤地招待他們，請他們喝葡萄酒、伏特加，請他們喝咖啡。員警們問他是做什麼工作的，我丈夫給他們大談特談寫作中最重要的是寫些毫無意義的事情，要是不寫那些無聊的事，也就不會有這座帶工作室的小木屋，更不會有汽車了；然後又給這些穿著野外執勤服的小人物們倒酒煮咖啡。員警們突然看一下手錶，嚇了一跳說耽擱太久了，他們又問鄰休閒小屋的情況怎麼樣，我丈夫連忙告訴他們說，自從他跟他妻子住在這兒的整個冬天，什麼事情也沒發生過，因爲小道和各家的籬笆門將各座休假小木屋連在一起，因此我丈夫總是走這些將六塊空地連在一起的小道，週末來這兒休假的人也走這些小道，免得去走那些汽車越來越多的公路……大概他不該把這些情況說出來，因爲這夥員警的頭頭立即掏出地圖來，說應該把這條小道畫上去，這條小道的出現沒有向上報告，有些破壞份子有可能從這條小道逃跑掉，所以他要去巡視一下這條小道，要把這條小道畫到他的克斯科林區地圖上去。要是出點事，要是囚犯跑掉了，士兵逃跑了，讓員警們也好知道在這些林間空地之間還有一條隱蔽的小道，它可能會減少跟蹤、追捕、捉拿罪犯的可能性……他們告別之後便去察看連接各座小屋的這條小路，後來在小路末端突然傳來一聲槍響。等到員警們回來時，隊長在後門口回過頭來說：「平安無事，我在那兒只擊中了一隻變野了的貓。」他從口袋裡掏出那把左輪手槍。我丈夫說，這肯定得是高手的射擊，用執行公務的短槍第一顆子彈就打中了一隻貓，可見指揮官是一名神槍手，射擊冠軍。當三個穿花斑制服的人走了，進了森林之後，我丈夫在林中小道上、在連接著各座小木舍便門的小道上找到了瑪尼奇卡，下午便將牠埋葬了……

按照我丈夫所承諾的，他將我帶到哈馬切克家去參加了一場很親切的聚會。這是我們常去參加宰豬節的地方，而這次我們是騎著自行車去吃燻肉……這可是樂了個夠喊了個夠。這是在一個星期六。哈馬切克先生和我那位國家獎得主老去看那肉燻好沒有。我們在聊天，哈馬切克的女兒維拉每次從臥室到廚房裡去，總要伸手到櫃檯上的碟子裡取塊炸豬排，津津有味地吃著，而我們則走去看看我們的丈夫，他們也總是伸手在櫃中的碟子裡抓吃的……後來哈馬切克先生走進來，我的寶兒爺已經吃得臉上發光、滿嘴油膩了。哈馬切克先生將第一大碟燻好的肉倒到案板上，還微微冒煙……哈馬切克先生作爲主人邀我們大家嘗嘗。哈馬切克太太有膽囊病，她連看都不能看一眼這燻肉，用塊布捂著臉，轉過身去繼續喝她的茶、啃她的雞蛋餅乾……面板上擺著一碟辣根末、蘋果以及一小罐芥末醬。哈馬切克的外孫們和他的女婿，大家都優雅地在品嘗，只是一小口一小口地咬著，吃更多的麵包，惟獨我那位國家獎得主又想在吃上面大顯身手稱個冠軍……他一邊笑著一邊狼吞虎嚥地吃著燻肉，不吃麵包。還對著天花板大聲喊叫著：「我一生沒見過更好吃的東西！耶耶耶，這塊肥肉鑲邊的前腿肉……這兒，這塊燻臀尖肉，簡直是上蒼的饋贈！」哈馬切克先生用指頭指著盤中的肉問道：「來一塊豬脖肉怎麼樣？要不，這塊帶眼睛的豬頭肉？」

我丈夫從一大清早便開始跑廁所。只見他縮成一團，躺在地上，手按著腰部直叫疼。「你怎麼啦？」我嚷嚷道。而他蜷縮著身子，像一把關閉的小折刀，哼哼唧唧說：「我們斯拉夫人愛暴飲暴食……我是個笨蛋、白癡、大傻瓜……」他試著嘔吐，上大號，可卻倒在地上，哎喲叫疼，從四點鐘起便從床上爬下來躺在這裡，只顧一個勁兒地罵人，連哈馬切克先生也挨罵了，說他不該將這麼多燻肉放到案板上。我則對著我丈夫嚷嚷說他是個畜生，他不該吃那麼多。直到中午我這位世界冠軍還在繼續躺著，請求上帝把他帶走。我笑話他，罵他說這是對他貪吃饞嘴的懲罰……到中午他的臉色開始變黃。什多爾克副教授在克斯科有座小木房，我騎自行車到他那裡。什多爾克副教授來到我家，翻起我丈夫的眼皮，然後說：「黃疸病。明天到我診所來，今天是星期天，沒法再做什麼了。」

克斯科的大夫們對我丈夫的病已無能爲力。整個下午他們都沒法弄明白：是我丈夫的肝裡有塊大石頭把膽汁擠壓得流遍全身？還是患了傳染性黃疸病？於是我丈夫在那裡像啞巴一樣一聲不吭、驚訝不已，又像被什麼卡住了喉嚨。他笑了笑，可他的笑容有些勉強，慢慢地他明白過來，他之所以必須來到這診所，都是長期以來這些宰豬節、燻肉宴、所有他喝過的那些酒引起的後果。正像我婆婆說的，他從孩提時候起便喜歡喝酒，拿到什麼喝光什麼，客人們喝剩下的一小口酒，沒等媽媽送走客人回來，她這寶貝兒子便把酒收集到小罐子裡，連瓶子裡剩下的也倒進去，然後偷偷喝掉。因為他喜歡喝。他參加這次家宴大吃大喝，五個小時成了這個樣子，以致不得不到卡爾拉克這座診所裡來，這也就沒什麼好奇怪的了。按理說他的命早該報銷了，早就該患肝硬化、胃潰瘍、心臟病而一命嗚呼的……當護士給病人送來午飯時，我丈夫也得了一碟馬鈴薯泥，像一個老鄉、像舊時代的一個叫花子坐在走廊上津津有味地吃著這馬鈴薯泥……他抬起那雙眼睛看著我，這目光是我熟悉的、知錯的、聽話的目光。每當他嘔吐不止而又像他所說的吐不出那魚尾巴時，我便站在他旁邊忍不住笑，一個妻子的笑，到最後不得不說：「自從我們一起生活以來，我不知跟你說過多少回，一再求你，對你大喊、對你發脾氣，『你別喝酒，你會因此生病的，別吃那麼多，控制著點，到斯卡爾那裡去看看病，我不想當寡婦！要不然，你趁早死，我好再嫁人，趁時間還來得及，你乾脆撐死算了！』我說過的這些話，我的勸告大概都可以錄上一公里長的磁帶。」我幾乎每天都對我丈夫大喊大叫，好說歹說，簡直是對牛彈琴。比我對他在這些家宴上酗酒嚷嚷得更多，錄成磁帶要長十倍的是我內心的牢騷，在上班時的內心獨白，就像我的那位國家獎得主所說的，有時我好幾個鐘頭都在計算著廢紙的公擔數，可是我內心卻在與我丈夫、與我自己進行著長時間的對話，多少次我暗自說，我要離開這酒鬼，可我總會想起他那因爲和他在一起而有著同樣痛苦的媽媽，只要夜裡有人在紮拉比某個地方嘔吐了、喊叫了，第二天一早便總有鄰居跑到我婆婆這裡來告她兒子的狀，甚至幾年之後，當他已經離開了他暱稱爲時間停滯的小鎮而來到利本尼這永恆的堤壩巷時，人家還在抱怨。……現在他坐在椅子上，整個臉色都是蠟黃的，坐在這裡發愣，就怕自己要進傳染病房，在那裡與世隔絕待上六個星期不許串門子……後來，來了位年輕醫生，已經是第十次吩咐我丈夫仰躺著，那位年輕醫生用他所有的指頭在我丈夫的肚皮上按著彈著，隨後這些指頭像插進麵糰一樣按著他的肚皮……他高興地叫起來：「一顆大如帶刺的栗子的石頭，像一顆熟了的核桃！」他大聲喊道。副教授和護理女醫生走來。年輕醫生將他一直抓著的那一塊讓他們摸，他們於是不停地按摸著。什多爾克大夫大聲嚷道：「哇，了不得！這是膽結石！是屬一屬二的，大得好像我抓住了一串鑰匙……」那位年輕醫生繼續在走廊上走著。什多爾克大夫卻對我說：「您先回家。讓他在這兒住三個星期，我們等他的顏色稍微有點變化再說……護士，去拿套病人服來！外衣！那四十號病床已經空出來了，原來那個病人昨天已經死了……也是肝有病。」

隨後我便動身往家走。我不知該怎麼辦，我流淚了，不是爲了我那位國家獎得主，而是爲我自己。爲的是我將一個人過日子，大概會這樣了。「有個酒鬼丈夫總比一個人過好呀！有個孩子，哪怕他淘氣，也總比沒有孩子好呀！」在我穿過診所的院子時，我曾這樣暗自憐惜自己。等我走到走廊裡掛著一座大鐘的地方，看見那兒斜放著一輛手推車，就擺在大鐘底下，車上那漆布蒙著的下面肯定躺著一具死屍，誰也不從他旁邊經過。我卻不知爲什麼偏要摸一摸。沒錯，這是一個冰涼的腦袋。我還像馬利斯科先生講過的那樣，當他父親躺在棺材裡，馬利斯科自己也不知道爲什麼用手指頭去敲了敲他父親的頭蓋骨。如今我也鬼使神差不知爲什麼去敲了一下這死人的頭蓋骨，蓋在漆布下面的那頭蓋骨。這輛斜放著的手推車上方的大鐘正指著四點半。從上面照射著霓虹燈……我突然想到，這裡躺著的人，正是曾經死在我丈夫一會兒就將躺上去的那張床上的人……

此後，我每天都要去一趟卡爾拉克，我總是穿上我丈夫喜歡的那些最漂亮的衣服，總是穿上那雙紅高跟鞋，總是拿一把陽傘，一天拿紅的、一天拿藍的，我還買了一把綠傘，像情人約會似的到醫院裡去看望我這位國家獎得主。在我第一次去探望他時便吃了一驚，只見我丈夫仰躺著，攤著兩隻手，皮管針頭通到血管裡，全天打著點滴。彷彿這是一部虹牌褪色器，它得把我丈夫從黃色變成人皮膚的正常顏色。這房間的窗子高得像伯爵家的馬廄……有幾棵老樹一直長得跟三層樓一般高，樹枝上有幾個鳥窩，斑鳩坐在窩裡孵小鳥。我丈夫仰面躺著打的點滴，像燒酒一樣的蒸餾水……我丈夫微笑著，好像很喜歡這裡。這兒，我一進來就看到一個長得像庫珀的高個子奄奄一息快要死去……窗子下面的病床上坐著一個人，聞了聞那盤茨岡烤肉片，像是有點信不過，彷彿要把那份飯菜扔掉，後來還是很不情願地把它吃了。這裡還住著一個大胖子、肝病。他翻來覆去地老是說，等他病好了，他就要帶大家到斯米霍夫啤酒廠去，他是那裡釀酒師傅的副手，說要跟朋友們去喝掉一大桶啤酒……那裡還躺著一個心肌梗塞病人，一直像人們在栽培花草時找到他躺倒在地上的樣子，已經躺了好幾天不吃飯，因爲他有些不好意思……我原以爲我丈夫會發脾氣呢，可是他立刻就適應了，因爲所有來到這裡的人都比他情況更壞些。

……於是他在這裡躺了三個星期，我每天都來探望他，每次都穿著那雙紅高跟鞋，坐在我丈夫床旁的椅子上，將兒童吃的雞蛋餅乾遞給他，用溫開水泡軟緩緩吃下，點滴還一直打著，彷彿滴進他血管裡的是沖淡的烈酒。……在我走出這病房時，那些病友們一再地對我說，等我丈夫出院後，他們會不好受的，因爲誰還能給他們講故事到晚上十點呢！我安慰他們說，他不會那麼快出院的，因爲在他的膽囊裡有一塊大如一串鑰匙的石頭……我丈夫於是每天往體內注射好幾瓶點滴、已喝掉好幾百公升熱茶、吃掉了好幾背筐水果、好幾桶兒童雞蛋餅乾，可那黃顏色總也不肯褪去，連一點兒褪色的影子都看不出來……有一次我去到他那裡，那位長得像庫珀的也有人來探望他，我見到了他的兒子和女兒。我好長時間沒有見過這麼健美的年輕人了，皮膚肌肉健壯得發亮，他們來探望父親，還給他帶來了宰豬節上的肉食，將肝香腸和豬血腸放在他床邊，桌上還擺著一桶湯。……然後他們站在床頭，跟他們骨瘦如柴的父親輕聲說話，給他看香腸、血腸，可他搖搖頭……孩子們微笑著，他們是玩單槓的雜技演員，跟他們將要死去的父親從前一樣……

我丈夫在這裡躺了三個星期，必須在這裡接受膽囊手術，因爲裡面有個大如核桃的石頭。正當我丈夫躺在附屬醫院的時候，而我不得不陪著羅泰和巴維爾，兩位坐輪椅的人去過星期六、星期天，坐著羅泰的「賓士」車到哈拉賓尼去。讓我幫他們把這兩輛輪椅搬上汽車，然後再搬出來，讓我當兩天他們功能復健的護士。單是讓他們這兩位朋友坐到前座上就是一項很大的冒險。羅泰先生坐輪椅來到「賓士」這兒，打開車門，然後用他粗壯的胳膊扶著汽車頂篷，他的輪椅緊挨著汽車座位，如今他集中全部精力，尋找適當的瞬間。時刻一到，他便抬起他壯實的下半身，像美人魚似的往汽車裡一甩，弄得滿身大汗，可他還露著笑容。在汽車上已經有他準備好的提包，他掏出一根香煙，愜意地點燃它……我將他的輪椅折疊起來，我一切都得遵照羅泰的吩咐去做：先將剛不久還擺著他那不聽使喚的腳的鎳製踏板連同支架取出來，折好墊子，再將帶耳袢的皮座墊取出來折好，輪子併在一塊兒……我注意到，羅泰在挪到汽車上之前，便已將手上的支架取掉，放在身旁前門袋裡。……這時巴維爾正跟他母親將所有大箱小箱禮品盒塞進後備箱。他還坐在輪椅上檢查了一遍，看是不是帶了工具和備用油桶……後來，他也打開汽車門，輪椅緊挨著汽車座位，在汽車裡找到了一個結實的支撐物，另一隻手抓住「賓士」的車頂，憋足了氣，將自己不聽使喚的腿和盆骨甩進到汽車的座位上。我又將他的輕便輪椅折疊好，將兩部小車都塞到了「賓士」車裡靠後的地方，可是安置得不盡人意，不得不讓他們出主意。羅泰轉過身來幫我一下，然後播放了由囚犯樂團演奏的《納布科》歌劇中的一段音樂。巴維爾與他母親告別之後，「賓士」車便靜悄悄地開動了。我簡直像在夢裡一樣觀察著：所有用腳操縱的一切動作，他全都用手代替。巴維爾容光煥發地開著車，羅泰在吸煙，兩個大爺都面帶笑容，兩人都穿著上面印有「宏大」標記的顏色鮮明的針織衫，巴維爾還戴著頂比賽場上運動員的帽子，前面有個大帽檐。他一路上開著玩笑，在羅泰不留神的時候用手指按到他臉上，指尖還轉動一下，羅泰低下頭來，笑得直不起腰來，連聲對巴維爾嚷道：「別鬧了！」

羅泰換了捲帶子，是伊希・馬拉賽克憂傷的鋼琴曲，幾個指頭只是在鍵盤上無精打采地挪動著……《哈樂根的數百萬》……唉，我的寶兒爺上星期在醫院裡曾經對我講過，那個曾經許諾說等他病好之後要帶大家去喝啤酒的釀酒師病情惡化，結果挨了一針。快到半夜的時候，這間204號病房的門突然開了，他從床上爬下來揉揉眼睛，站在那裡望著敞開的門嚷道：「這麼說你已經來抓我啦！」他抓起兩隻玻璃野雞，磕磕碰碰的，實際上是抓著破碎了的野雞脖子，慢慢地朝門口移動，手臂攤開喊道：「來呀！來抓我呀！我不會向你屈服的！」我丈夫和其他人都從床上坐起來，望著那位釀酒師，在門口，我丈夫已經看到了那死神……可是釀酒師還在喊：「儘管來抓我呀！我們來比個高下！來呀，你害怕了？」後來，釀酒師在門口轉過身對所有嚇壞了的病友說：「他走了。」將手裡的玻璃野雞碎片一扔，得意揚揚地笑著……然後倒了下去……等大夫一來到，發現釀酒師已經死了。「這是個很風趣的人。」我丈夫說。伊希・馬拉賽克用鋼琴演奏的《哈樂根的數百萬》在繼續播送著……

我們開過了哈拉德茨，然後又翻山越嶺，接著朝山下開。巴維爾總是有說不完的話，他們笑著鬧著，還低聲討論著明年該去哪兒休假。我一邊聽一邊想著我的丈夫，他正待在卡爾拉克的醫院裡觀察他的肝……巴維爾突然笑著回憶說：「我參加比賽時，剛開始心情平和，對人很和氣，甚至比好人還要好，可是一拿到號碼，那就沒有好氣了。一有了號碼，本來跟我不錯的人便都成了我的死敵，他們也跟我敵對起來。我們互相喊叫，對罵，誰要是駛到我前面，那就成了我的頭號敵手。因爲我只要一有了號碼，便翻臉不認人，便認定自己是世界冠軍……有一次我跟我的朋友參加馬克達獎盃競賽，他開到了我的前頭，我追上他，於是我們並排行駛，兩人都佩戴著比賽號碼，誰也不肯讓對方駛到自己前面去，就這樣腳蹬挨著腳蹬，就像我們塞在車後面的輕便輪椅一樣地緊靠著，突然啪地一聲，我朋友的車翻了，人摔得老遠，翻滾了幾下，揚起一片塵土……我繼續往前開，他仰天躺在那兒，摩托車躺在一處灌木叢裡。我暗自說，等到下一圈他大概該坐起來了，可是下一圈他仍舊躺在那裡，再一圈他還躺在那裡……小旗舞動著宣布比賽結束，我得了第二名。我本該爲得到第二名而興高采烈的，可是我的眼裡卻只浮現著我朋友躺在那裡的情景。我幾乎是把他從我身邊踢開的。他翻車了，因爲他也踢過我，想讓我翻車……我騎著摩托車去到他那裡。我扶著車把，推著車子一直走到我朋友跟前。我搖晃他，衝著他的耳朵大聲喊他，我爲他而感到非常不幸。可我那位朋友睜開了眼睛。我說：『你這頭閹牛，原來你沒死啊？』他坐起來，我又問：『你沒摔斷哪裡吧？你這鬼東西！』我說，『我騎著跑這幾圈時，老在擔心你暈過去哩！』他卻笑了笑說：『你知道，你這笨牛，摩托車毀了，每昏迷一分鐘——就是一百塊呀！』」巴維爾高興地邊講述邊駕駛著「賓士」車，「賓士」車則在傾聽著他的敘述。巴維爾一直沒煞車，一路順風地在公路上行駛著，跟拉小提琴一樣地開向他要去的地方。

巴維爾高興得容光煥發，因爲他在駕駛「賓士」車，而這「賓士」正如他所說的，又讓他忘記被捆綁著關在籠子裡的十八年……可是，我的寶兒爺如今卻躺在卡爾拉克醫院裡，很快就要動手術，然後回家。……他還會是原來的老樣子。可是根據我對他的瞭解，他可能正在那裡寫遺書，每天修改一次。有關沒有了他這世界將會怎麼樣的想像折磨著他，使他漸漸死去。

巴維爾微笑著說：「我們曾騎著摩托車到斯萊比去慶祝我們的勝利。等我們開進130公路轉彎處時，我立即意識到，我的車子開過勁了，它翻倒了。我現在才知道，當時應該把它拋得遠遠的，這一點最重要。可你在路上行駛，朋友，你和摩托車的速度都像在飛，它跑到我前面，然後停下來像在等著我，然後在我身後喀嚓一聲撞到我腰上……然後我便進醫院，然後就只有聽主任醫師擺佈了。我父親彎下身來對我說：『你還能走的，你還能走的。』可我卻躺下了。朋友們帶著鮮花來看我，說：『一年之內你便能走了。』後來主任醫師又來安慰我說，我將來能走路的，但我先得到卡拉德魯皮[51]去……」

我的寶兒爺常常對我說：「要是我能挨家挨戶地去泡小酒館該有多好啊！……唉！我的憂傷、我的痛苦、我的不願再活下去的念頭……可當我一想起巴維爾和羅泰，也就知足了……這些關在籠子裡的小伙子，但我從來沒見過他們愁眉苦臉的樣子，並不是說他們曾經愁眉苦臉的，只是我沒見到過罷了，我是說他們早已克服了使其感到痛苦的一切……僅僅是爲生活的藝術而耕耘……必須善於樂意活下去……而我，我卻懦弱膽小，唉，而且膽小得厲害……」

巴維爾給一輛卡車讓了道，等他有了空間、開車順手的時候，又用手指頭在忙著換音樂磁帶的羅泰臉上轉動一下。「巴維爾！」羅泰發火了，「別這樣！我怕癢！」巴維爾微笑著繼續往下講：「在卡拉德魯皮，我環視一下我的病房，便看出我的情況不妙，床上躺著的全是些殘疾病人，跟我一樣……護士讓我在她朝我彎腰時摟住她的脖子，隨即

---

(51) 卡拉德魯皮，在捷克西部地區，那裡有著名的功能恢復研究所。

把我抱到輪椅上，說她將教我學會坐輪椅，那會兒我問：『什麼時候教我走路？』她垂下目光對我說：『我們先教您坐輪椅吧。』我說：『主任醫師對我說過，你們在這裡將教我走路！』護士說：『這段期間您的腹部肌肉衰弱了……以後看吧。明天我們將教您游泳。您會看到游泳對每個病人都是很好的。』於是我學著坐輪椅，爲了不讓我摔下來，護士給我在靠背、扶手上拴根帶子，然後讓我用手使勁推壓輪子，讓輪子慢慢轉動……你別聽得那麼緊張，羅泰！於是我第一次自己坐輪椅走了。我還會讓它往回走，甚至還能讓它翹起來。我喜歡坐著它走，我用手掌往輪胎上使勁一拍，感到彈簧反彈我的手指，我又往回坐，教我坐輪椅的護士在門口等著我。我開動著輪椅，當我想在她面前煞車時，輪椅因重心太靠前，把我搖晃得夠厲害。護士忙把我抓住，於是我和她摔成一團了……艾麗什卡太太，曾經是多麼美好啊！我連做夢都是用腳行走，即使現在，我已經斷了脊椎骨十五年，可是我在夢裡見到的自己總是用腳走路，從來沒有夢見過自己作爲一個傷殘人坐著輪椅。……可是在我垮下來之前，我還游了泳……護士把我從輪椅上抱下來，彎下身，將我放到游泳池裡。這可眞美！我喜歡游泳，您知道，我是在水邊長大的。從小時起我就愛游泳，現在我也愛游泳。可是那一次，當護士將我放到水裡，我第一次感到，我大概完蛋了。我身後伸直著兩條腿，還有我的骨盆，直到在水裡我才感覺到，我從乳頭往下便是個殘疾人。我游著，兩眼望著上面，水蒸氣一滴滴往我身上掉，從游泳池頂棚往下掉，我的眼淚也掉下來，因爲我後面拖著的軀體是完全麻木的……」

我的寶兒爺正走過卡爾拉克醫院的走廊，到了外科，準備給他動手術。先是體檢，他什麼痛苦也沒有，還可以看電視。可是他已驚恐萬狀，我的這位國家獎得主已經被恐懼壓癱了。……他大概已經忘了，每當最困難的時候，他只要一想起羅泰和巴維爾怎樣被捆綁著關在籠子裡那麼多年卻毫無怨言時就能鎮定一些，可我丈夫在卡爾拉克醫院可能已經把他們忘掉了，忘掉了……

「可是，巴維爾，」羅泰喊道，「我們還是在卡拉德魯皮才第一次見面哩！那兒還有一個叫秘比的，我因脊椎骨斷了躺在那裡，秘比是因爲交通事故而撞壞了脊椎骨，所以也躺在那裡，於是我們便坐輪椅，還游泳，我們還坐著輪椅去下面的小酒館，我們一直等待著康復，因爲誰也沒有對我們說過我們的情況如何，我們一直抱著希望……這時有位從布拉格來的女士常來教我們大家用鉤針編織……後來，有一天，讓巴維爾學習用編織機來幹活。這麼一架放在膝上的小手風琴一樣的東西，上面有些彩色線，就在這時主任醫師走進來，問我們這新的工作做得怎麼樣，喜不喜歡。巴維爾說：『我們什麼時候能走路呀？』主任醫師說，『這裡已有從美國和俄羅斯來的資訊，說是已經能夠將斷了的神經接起來。』巴維爾把編織機一扔，大聲嚷道：『對我採取點什麼措施吧！難道我將一輩子織地毯？』後來主任醫師將我們請到他的辦公室去。我們都很惱怒，互相嘰哩咕嚕說著話，我們以爲他一定會對我們說，何時開始連接神經。小伙子們都誇巴維爾的問題提得好，如今他們會直接對我們說……隨後，門開了，主任醫師走進來，彷彿他通宵沒睡、無精打采的，眼睛望著地板，然後低聲說：『朋友們，我只能告訴你們……你們都很健康，只是永遠也不能走路了……』」

接著，我們駛過奧巴瓦河附近，「賓士」車後來便轉到了縣公路，不久我們便停在一座現代小城鎮哈拉賓尼的一個庭院裡。……我們先把輪椅重新裝好擺好。巴維爾和羅泰突然被好幾十個坐輪椅的人圍住。所有他們的朋友都前來歡迎他們，大家肯定也都盼望著巴維爾和羅泰來到這裡的這一時刻。

我像做夢一樣在這所小鎮上活動著。隨便我朝哪個方向看，到處見到的是脊椎殘疾人坐在輪椅上來來往往。在體育館裡，我驚奇地看到一個脊椎殘疾人，從前的健美運動員，就像巴維爾所說的那樣，那人曾爲最美的體型去領過獎盃。出車禍後，他的脊椎骨便徹底毀壞了，可他在這個研究所裡，跟什麼事也沒發生過一樣，在練習舉重。他仰躺著，他們給他往槓子上放輪圈以增添重量。他舉起了一百五十公斤，正準備參加世界冠軍賽，他一心只想著獲勝。巴維爾說，他每天從一大清早便坐著輪椅到處轉，吃飯、喝酒，以便有個好競技狀況。體育館裡有位籃球教練、年輕的脊椎殘疾人坐在輪椅上跟雜技團演員一樣靈巧地活動，他們還能在快速行駛中突然煞住車。他們有時讓輪椅朝前往上仰著投籃；他們有時相撞，從輪椅上摔出來，但在摔跌時還在投籃。護士們將他們抱回到輪椅上，他們熱情不減地繼續玩球……

巴維爾得到了參加功能測試比賽的號碼。他參加了六十米輪椅行駛比賽。我看到，他一拿到參賽號碼，整個人變了個樣，槍聲一響，巴維爾便使盡全力，他的輪椅幾乎在跳躍前進，其他參賽者也用手掌狠狠地推壓輪子驅趕著，朝著目的地前進。我看到一位年輕的脊椎殘疾人超過了巴維爾，巴維爾的臉部表情立即變得兇狠，他是第二個到達終點的人。可是他身後有兩張輪椅的輪子絆住了，有一輛輪椅的一個輪子飛了出去，輪椅倒了……

被朋友圍著的羅泰立刻跟他們一起坐著輪椅去了酒吧。我想幫助他，可他自己從輪椅上移到酒吧凳子上，喝開了啤酒。朋友們興致勃勃地聽他講話，因爲他原本來自西德，在那裡已經住了十年，去那裡找他那移遷了的媽媽。這位因爲成了脊椎殘疾人而被妻子拋棄的羅泰，後來想到他雖然有著捷克斯洛伐克國籍，但他是德意志民族，正因爲他是德意志民族，他也可以搬到巴伐利亞、搬到馬克泰登費爾德去住。他做對了，如今他有了「賓士」車，給他在哈拉賓尼的每一個朋友都帶來一件小禮物，每一年還給這裡的脊椎殘疾人送來一張輪椅……實際上我再沒見過比這兩位更快活更勇敢的人了。他們請我陪他們來，本該由我丈夫陪他們。只是他又會一路上淨給他們講他碰到些什麼不幸的事了。最大的不幸是，他下個星期要去做膽囊手術……

接著舉行了六十米決賽，參賽號碼將參賽者激勵得愈發厲害。巴維爾又得了個第二名。護士們隨後頒發月桂花環。頒獎時，那位冠軍得了一瓶阿爾卑斯山酒，我看見巴維爾祝賀他時的笑容不自然得像一匹要咬人的馬。……這時外面在進行擲鐵餅和推鉛球比賽，還有在研究所和小鎮的碎石路上的長途行駛比賽。每位參賽者胸前都佩戴著號碼。惟獨羅泰同他的朋友們坐在酒吧，既不跟人爭論問題，也不回答誰的問題，只是在獨白，沒完沒了地講述他所想要講的一切：關於超級市場，關於他的小屋，關於他在莫爾納小住的情況，他每半年要去那裡的醫院檢查一次身體。只有羅泰和他朋友們不佩戴任何數字號碼，他們互相聽著、笑著，而所有其他人都佩戴著號碼，繼續固執地爭辯著，儘管比賽早已結束……

在飯店裡，羅泰繼續他那滔滔不絕的獨白，大家都聽著他講，然後他將帶來的新的藝術掛曆分送給大家。我也得到一本掛曆。羅泰請我不必多管他，說他在這裡跟朋友們在一起，吃晚飯幾乎沒多少胃口，因爲有喝的，就不必要多吃飯了。……我一頁頁翻閱掛曆，每月有一幅彩色畫，都是脊椎殘疾的藝術家們畫的。他們不僅脊椎壞了，有的甚至沒有了手，從掛曆畫旁的作者照片便可看出。而這些畫幅簡直是美麗風光與靜物的一次展示。哪兒也沒有絲毫悲傷的痕跡，到處都是來自所見到的田野、鮮花、水果、山坡小城鎮和海洋、牧放著羊群的牧人、捕魚歸來的漁夫等等的歡樂情景。而這些畫幅是由脊椎殘疾人也許是用嘴咬住畫筆，或者用腳趾夾著畫筆畫出來的。脊椎殘疾人熱情洋溢，因爲他們能繪畫，能透過自己的顏色與造型說出些什麼……

我環顧了一下這小酒吧，羅泰的朋友們都在聽他講述，大家強裝著微笑，因爲他們必須這樣……此時此刻，我的丈夫正在卡爾拉克醫院的走廊上走動著，晚上跟他的讀者們、爲那些在醫院裡情況比他更壞些的病友們舉行講座。講他如何了不起，是世界一流人物……可是我的寶兒爺之所以整個晚上講個沒完，只是爲了別去想他在手術過程中可能死去，或手術之後跟他死於癌症的父親及波普舅舅一樣受罪……而我如今坐在哈拉賓尼的一家小酒吧裡，我四下裡張望一下，發現好些桌旁坐著一些穿著講究的女士，她們都打扮得像上劇院、像過生日、像慶祝一個什麼節日似的。可是褲子下面卻是兩條萎縮的腿，像美人魚的鰭一樣垂在椅子上。我想去一趟廁所，可我擔心從這些姑娘和女士身邊走過，無意中會因爲她們被束縛在輪椅上不能用腳走路而傷害她們。她們都畫了眼影，有的還黏了假睫毛，眼睛睜大得彷彿鑲著兩顆黑咖啡豆……她們一個勁兒地抽煙，坐在桌旁喝著咖啡和維爾木特酒，輪椅的鎳製部分在香煙的藍霧和影子中閃爍著光亮，因爲太陽已經從林子後面射入了光。所有這些年輕女人都有著一雙柔軟而癱瘓的腳，坐在那裡像一條條美人魚。就在我用眼角偷看了她們一眼這刹那間，只見她們中的一位在煙灰缸裡掐滅煙蒂；另一位拿著打火機點燃香煙；第三位在尋找煙盒裡軟一些的一枝煙；第四位狠狠地吸了一大口，吸得煙頭的火光一亮；第五位姑娘呑下了煙霧，還用一隻手畫了個高音符號……她們都有一對張得不自然的眼睛，邊抽煙邊望著遠處什麼地方……

巴維爾邀請我說，既然我已到了這裡，讓我們一道到一座預製板蓋的樓房去看望他的一位朋友……於是我們到了一個汽車能開進去，又有電梯的地下室。我們進了電梯，來到八層樓上，我幫著巴維爾出了電梯……我說：「你知道，希夏爾先生有一次對我說過什麼？他第一次帶著他媽媽從鄉下霍莫吉茨到布拉格來。他們在維斯特羅姆特赫的樓房也有電梯，等他們到了最後一層樓時，他媽媽希夏爾太太說：『貝比切克，爲什麼我們在進到住房之前先要到這間小空房裡來待一下？』」「有意思！」巴維爾說。於是我們便到了走廊上。所有房間的門都敞開著，床鋪得整整齊齊，到處收拾得乾乾淨淨。也許大家都去參加脊椎殘疾人運動會去了，或者出去買東西，或者待在哪個公共場所吧……在有間敞著門的房間裡，我看到一個年輕男子坐在沙發上，他旁邊擺著一張空輪椅，這個年輕男子有一雙疲倦的發燒病人的眼睛。「你好！」巴維爾跟他打招呼。那個年輕人嘴巴沒怎麼動，只喃喃一句話。巴維爾繼續沿著走廊走，從不知什麼地方來了幾位坐輪椅的殘疾人，鎳扶手和輪椅喇叭閃閃發光，走到陽光底下就更加閃亮了……巴維爾悄聲對我說：「最難熬的是第一年，也就是在他們平靜下來，認識到自己身上發生的事情是他的命運之前……我是在兩年之後才平靜下來的。跟每個這種人一樣，我也曾經想過不如死了更好……可是如今我突然想到，我的那位朋友大概在飯店裡，他特別喜歡喝啤酒，等他六杯下肚，便會忘記一切，便覺得自己是世界冠軍，就像您丈夫常說的，是運動場上的第一名了……您不是也看到了嗎？爲了能自個兒上廁所，我們先得熬過什麼樣的訓練和多麼艱難的處境啊！對了，您用不著爲我們小便的事操心，您知道，我們有這麼個器皿讓我們方便，可以通過一根皮管子尿到一個固定在臥式盆上的塑膠袋裡，盆上有個開關，即使要六個小時之後才打開開關放一次尿……這也沒什麼。就像我已說過的，頭兩年我們學坐輪椅，在我們學會之前，唉，摔過多少跤啊！……輪椅總在行駛著，自動行駛著。即使脊椎殘疾人停下來不操作了，輪椅照樣行駛。您甚至覺得，您一停下來，輪椅就像在責備您似的走到前面……而在飯店裡，您注意看一下，便會覺得，您是在一個很普通的城市裡的什麼地方……可是只要脊椎殘疾人想上廁所，您會立即看到輪椅，還有輪椅上坐著的那幸福的人，他們只是脊椎壞了；然後您還會看見不太幸福的人，他還斷了一條腿；沒有指頭，只有一個手掌；更有的除了脊椎壞了之外還缺兩條腿，甚至沒有手。而且有的人頸脊椎就壞了，不得不像電影《大幻覺》中的施特羅海姆㉜一樣戴著個頸圈……」巴維爾突然笑開了，輪椅停在電梯門前。我按一下按鈕，彎身扶著他的輪椅。在電梯開到之前、進了電梯之後，巴維爾還對我說：「去年我在羅泰那兒，我們也到韋特海姆去探望過一位朋友，他也跟我們一樣是個殘疾人……可是他因風衣不慎捲到美國的坦克下，不僅脊椎被毀，所有神經都受到傷害，唯一留下的是，他的妻子沒有

㉜施特羅海姆（Erich Stroheim, 1885-1957），美國著名電影導演兼演員。

拋棄他。他用他的下巴駕駛他的電動輪椅，向前向後，向左向右全靠下巴操縱。當我們和羅泰一起回家時，我們齊聲喊道：『我們是國王！了不起的國王啊！』」

我丈夫躺在卡爾拉克醫院裡。他若願意，可到走廊上走走；他若願意，可以和其他人一樣抽煙；他若願意，可以慢慢往下走到耶登諾達那家小鋪去。那個地方原來是精神病研究所……他若願意，可以看電視，可以到院子裡去，一直到一堵牆那兒，過了牆便是一座修道院的花園和一座特別漂亮的巴洛克式教堂……過街便是艾瑪烏西修道院。他若願意，可以走到那邊去上廁所……可是我丈夫卻癱倒在卡爾拉克，害怕自己患的是癌症，就像他爺爺和舅舅死去的那種病。膽怯得只好讓他把心理醫生叫來安慰他，給我這位如此樂意給在這方面狀況比他差的人出主意的丈夫一點信心……

巴維爾說：「艾麗什卡太太，請您幫我把門打開，我們裝作去採購。」早已過了六點，自動商店裡擠滿了鎳製輪椅。這座城市的設計就是讓輪椅能各處暢通無阻。在這裡，也跟在布拉格一樣，收款處前面排著輪椅隊。在這裡我可真是大開眼界！當我看到這情景時，巴維爾直對我微笑、點頭。脊椎殘疾人在這裡很高興自己能這樣買東西。我看到他們慢慢地挑選，尋找他們想要的牌子，甚至這個問那一個是不是買得合適，該不該向他們的朋友們推薦。我看到這種採購簡直就像我們孩提時期玩「買東西」那樣。實際上他們通過這種採購在愉快地消磨時間。我在這裡開始明白，時間在這裡完全是一種不同於我的、不同於我丈夫的另一概念的時間。因爲在這裡，大家都失去了能夠徒步行走、能夠想去哪兒就去哪兒的普通人所擁有的幸福，所以他們才這樣慢慢地、像孩子一樣興致勃勃地買著東西，因爲這麼一來他們便忘記了自己不能走路，即使走和跑，也只是像巴維爾那樣，在夢裡才有的事。巴維爾用下巴向我示意兩次，我於是注意到一位年輕女子。她先是買了麵包，然後，等她付了錢，便又排進輪椅隊裡，耐心地等著，輪到她時，便又買了火柴，然後提著裝火柴的鐵絲筐去付了錢，將火柴放到自己的籃子裡，接著又去排隊了……「您懂嗎？」巴維爾問我。我懂了，然而我怎麼也不善於和不能進一步設想：如果我也只能坐著輪椅行動，我大概會怎麼樣？……

巴維爾大概因爲知道我丈夫在卡爾拉克醫院不得不找心理醫生，他只能躺著，大概跟那些脊椎殘疾人在頭幾個星期那樣，而且將永遠這樣。我認爲僅僅因爲這個，他才將我帶到這個康復中心的勞動廠房來……那位練健美運動的男子從森林中快速行駛到這個廠房的大門前，他曾經開著車去領取健美獎，結果出了車禍，落得如今要坐輪椅的下場。這位健美運動員從山坡上的小道坐著輪椅飛速行駛而來，輪胎下沙子飛濺，他用力推壓著他的輪子，一直奔到我們跟前，熟練地煞住車，抬起車輪，後仰著，他汗流滿面，是位美男子。我問這位美男子說：「您過得怎麼樣？」他對我說：「很一般。」還補上一句，「年輕的太太！」他重新抬起輪子，像雜技演員似的一轉身，雷鳴似的喊道：「這輛小車，已經是件與我毫不相干的東西了……未來屬於我！如今我在進行第二輪訓練……我要打破舉重的世界紀錄！」他向巴維爾伸出手來，也只是這麼拍一下手掌罷了……然後將輪椅向後一轉，又使勁推壓著輪子回到山坡上。此時，夕陽已落到樹幹後面。他推壓輪子前進的樣子，活像正在游著蝶泳。

實際上直到來到這裡，來到殘疾人勞動廠房前我才感到，我推著的巴維爾彷彿坐在一輛兒童車裡，彷彿我是推著一個孩子到外面來散步。……說著，我們進了辦公室。巴維爾向我介紹這裡的一位領導，也是坐輪椅的。他跟我握手時，我只得伸給他左手，他的右手不靈了。然後我們走到一條長廊上，挨牆擺著好幾個用漆布蒙著的長沙發。走廊末端是一面玻璃牆。輪椅上坐著幾位腰板挺直的姑娘，外面還有陽光，姑娘們的身影顯現在對面的玻璃鏡裡。這些少女久久地貪婪地抽著煙，煙霧在光亮的玻璃牆裡徐徐上升，一直飄到一棵彎曲的大無花果樹的枝葉下。……通向廠房的門敞開著，我推著巴維爾坐的輪椅，廠房主任也坐著輪椅默默地走在我們後面，他輕聲說：「他們幹的是百分之二百的活兒。」我在每個大廠房裡參觀一陣，只見在機器旁邊幹活的都是坐在輪椅上的婦女，她們神情專注地勞動著。可是當我們看著她們時，她們便停下來。她們頭上戴著充氣的輕便盔形白帽，就像摩托車手必須戴的那種輕便安全帽。她們看我們一眼，以示致意，在敞著大門的幾個廠房裡，都是這麼一幅景象：這些戴著安全帽的頭微微低著，聚精會神地工作，用指頭擰緊螺絲釘，彷彿是從後面擰緊收音機那塊板子……廠房領導對我說：「這些安全帽是用亞根地紗做的，因爲連一根髮絲也不許掉進裡面去。」夕陽已經落在走廊盡頭，陰影也更暗了。當我們掉過頭推著輪椅往回走時，廠房天花板頂上的霓虹燈光芒射到走廊上，將走廊上的影子拉得更長。如今一位戴著安全帽的女工，坐著輪椅來到長沙發跟前，將輪椅熟練地轉到一個合適的方位，輕而易舉地便將身子移到沙發上。她仰天躺著、攤開雙手休息起來。現在主任打開另一扇門，裡面傳來輕微的馬達聲……我都不能相信自己的眼睛，在那裡工作的有兩個年輕人，但不是坐在輪椅上，像我剛才所見到的……而是躺在一張裝有四個小輪子的長長的病床上，躺著這兩人的兩張床就像插進救護車一樣插到一座構架裡，這兩個工人完全被塞進汽車的底座下，在修理汽車的閘。這兩個男人躺在那裡專心致志地工作，在他們頭頂上方的板子上擰緊螺絲，他們的指頭剛剛搆得著那板子……「這兩位幹著百分之三百的活兒，這工作對他們來說是一種解救。」主任低聲說。我推著巴維爾坐著的輪椅……然後我們開始告別，主任只得用那隻健康的左手和我握手道別。我推著巴維爾往前走……自助商店、飯店、餐廳和酒吧、預製板樓房、燈光、彩色廣告和標語都在閃爍著光芒。我們剛從裡面走出來的這廠房的燈光、這霓虹燈的世界、這沿著撒滿沙子路上的燈……所有這一切都仁慈地給人一個瞬間的印象：這個城市跟其他城市完全相似。巴維爾轉過身來悄聲對我說：「這位主任患的是經脈血行擴散，一隻手已經萎縮掉，如今他擔心著，不知什麼時候這隻健康的手也會被病魔侵襲。」我突然希望我的那位躺在卡爾拉克被普通的膽結石嚇得要死的丈夫也能看到我在這裡所見到的一切……

13

這一晚，我在一對脊椎殘疾夫婦家裡過夜，我來的時候已經很晚了。他們有一個孩子，他已經睡了。房間裡散發出茴芹香味。這對年輕夫婦在忙著明天的事。他們說，不得不請我原諒，他們正在爲明天的郊遊做準備。女主人正在喝普羅斯捷約夫酒，也給我斟了一小杯……我去洗手間時，所有其中的用品、所有毛巾，總而言之所有一切都放在他們用手搆得著的地方。我抬眼看到天花板上安了個小滑輪，一根尼龍繩繞過這滑輪，可以上下升降，下面拴著一個兒童用的小浴盆，就像劇院裡那樣，可以拉上拉下……我慢慢地洗了手和臉，太太坐著輪椅在門邊，對我說：「您想喝杯咖啡？還是茶？」

我在想，我的丈夫曾經多麼樂意去探望那些病得要死的人，去替他們準備後事……如今，他在卡爾拉克的第一個星期就被他的肝臟嚇垮了，以致不得不請心理醫生來做他的工作。這位心理醫生則坐在他床邊，像對一匹病馬那樣對我丈夫大聲喊著：「您知道您將會怎麼樣嗎?等您動過手術之後從醫院出去,您早晨又能好好地起床、刷牙、刮鬍子,在您的太太去上班之前你們可以好好聊聊天……您幫她準備早餐,帶檸檬的茶,抹了奶油的辮子麵包……然後您太太去上班。您愛看書,那您就看書;要是天氣好,您打開窗戶,然後您溜達溜達去買日報,沒有比能讀讀自己可以慢慢走去買來的報紙更愜意的事。」我丈夫對我說,聽了醫生那番話,他嚇得更厲害了……

我一走進廚房,女主人便從櫃子裡拿出一把糖塊夾子放到桌上,然後將輪椅轉到另一張桌子旁邊準備小碟和曼森杯子……接著抽她的煙、微笑著。我一口口地喝著茶。她問我,布拉格的劇院裡正在上演什麼節目,出版些什麼書……我不得不對她說我不知道。然後這位年輕婦女熱情地向我述說她曾經是一名運動員,到海德堡去參加過奧林匹克運動會,他們脊椎殘疾人也有自己的奧林匹克運動會。她曾獲得第二名,她用下巴指給我看牆上,那裡掛著她的獎狀。她還對我說,全世界的脊椎殘疾人還有自己的雜誌,她是幾位秘書中的一個,她說她正在準備參加下一屆奧林匹克運動會的標槍項目。……她的丈夫這時正往箱子裡裝運動服和準備睡袋。他微笑著坐著輪椅從廚房駛到房間,又從房間駛到走廊上,經過那張小床時,看了看他們的孩子……我看了一眼敞著門的浴室,就在那裡用尼龍繩吊著小孩的小浴盆……在安放馬桶的地方,牆上安了一個鎳扶手,我想像著他們得費多大工夫才能坐到這馬桶上去……

我又不得不想起我的丈夫，他如何癱倒在卡爾拉克，年輕的心理醫生不得不來對他說些勸慰的話：「您在病後恢復期裡，中午可以自己到病人食堂去吃飯，自己點菜，看什麼菜適合患膽病的人吃……然後把肚子塡飽，慢慢地您就能吃飯了……然後呢……您就能回家了……布拉格有許多公園，公園裡有長凳子，您舒舒服服地坐上去，瀏覽一下四周圍……然後慢慢走回家，好好地躺著，因爲恢復您的肝需要您仰面躺著……然後呢，您有收音機，可聽聽音樂……和新聞……等著您妻子下班回來。她將給您講述她上班都做了些什麼，他們在那裡聊了些什麼，跟她在一塊工作的人都說了些什麼……然後你們將一道準備病人晚餐……然後再去躺著，您可以看電視……可是注意！千萬別看緊張的情節，在恢復期間，對於您的肝，看別的都可以，可就是不能看槍殺……犯罪的鏡頭，否則就跟您吃了一條豬腿一樣……等您動完手術回到家裡之後，在您面前將會有著許多美好的日子。」……在我丈夫將這些話轉述給我聽時，我看到我丈夫是多麼地堅信自己已經不可救藥了。

當我準備睡覺時，走廊上響起了音樂和一陣歡聲笑語……然後是敲門聲，女主人打開門，羅泰和巴維爾坐著輪椅進到屋裡，音樂聲是他們帶來的。他們一直在笑，這次羅泰反過來將手指頭按在巴維爾臉上轉了一下。巴維爾嚷起來：「別這樣！你知道，我怕癢！」他們是來向我道晚安的，然後又坐著輪椅出去了。關上門之後，只聽得走廊上哐噹一聲巨響……女主人打開門出去，馬上就回來對我說：「沒事，羅泰擱在膝蓋上的電視遙控器掉到地上了。」後來他們便靜悄悄地推著輪椅走了。我躺在床上，兩眼望著天花板，外面閃爍著燈光，不時傳來低沉的歌聲和音樂、聽不清楚的談話聲。我沒睡著，我因在這一天所感受到的一切而不能入睡……不過到後來，我還是因疲倦而進入了夢鄉……

第二天一大早我就起身幫這年輕夫婦的忙。他們很高興我幫他們將所有東西裝上汽車，包括兒童搖籃，直至將兩枝標槍也放到車上……就像來的時候我幫助羅泰和巴維爾那樣，如今幫助這對夫婦裝好車，花了幾乎半個鐘頭才讓這兩位朋友甩到汽車座位上。我幫他們將輪椅折疊好放進車箱裡……他們就跟我告別了。我將我的東西放進自己包裡……年輕的脊椎殘疾夫婦到親戚家旅遊去了……隨後我便去敲我那兩位朋友的門。他們已經起床，在放音樂。羅泰已經噴過香水。我的兩位朋友已睡足了，所以精神煥發、滿面笑容、正在喝茶……後來我們便坐電梯下來，然後出了門。當我們把一切都裝上車，當我們的兩位朋友將自己甩進「賓士」車後，我便將兩張輪椅折疊好放到後座上。仍由巴維爾開車。那邊公共屋的脊椎殘疾人在向我們招手，巴維爾鳴了幾下喇叭致意後便慢慢地行駛起來，羅泰逐個碰了碰脊椎殘疾朋友們的手掌，他爲朋友們專程來等在這裡與他告別、一直把他當做哥們而感動。他即使住在德國，也一直屬於這裡，因爲他生在這裡，曾在這裡上學，在這裡結婚，可他也是在這裡變成的殘疾，在這裡離婚，就在那切文尼・哈拉德克的無法行走的殘疾人部門裡結束了他作爲健康正常人的生涯。在那裡，他唯一的朋友是一位年老的德國人、掘墓者，他經常帶羅泰到太平間去，那裡總有一兩具屍體，可是羅泰很高興，因爲他們能在這裡愉快地聊天、喝蘭姆酒……我們早已駛上了國道。羅泰喊道：「巴維爾，開快點，讓我們早點到家！」接著他談到自己的命運，如何在布拉格服兵役，如何成了一名出色的舉重運動員，他還曾經靠在弗萊克酒家將醉漢扔出門外來賺錢。我聽見他的聲音，可是漸漸睡著了。羅泰講述這些事情只是爲了忘卻他所講述的。「喂，我將爲這輛『賓士』車而感謝誰呢？茲登涅克，我一個同學的丈夫，他在哈拉德克那兒見到了我，便對我同學說：『老婆，我們不能不管他。既然他老婆拋棄了他，我們就把他接回家來吧！待在這裡他會死去的！』茲登涅克是他們樓裡的住戶委員會主席……於是他救了我，我在他那裡頭腦逐漸清醒過來，想起我的媽媽和姐姐在馬克特登費爾特，我雖然是這個國家的公民，我填表時在『民族』一欄總是填寫德意志……我這麼寫了，於是半年之後我便到了我的媽媽和姐姐那裡，今天才有這輛『賓士』……你知道，我們在一起過得很愉快。巴維爾，你說點兒關於你那位老父親的令人高興一點的事吧！我愛聽。你知道，我老爹的下場很慘，他在希特勒的集中營裡待了兩年，因爲他是社會民主黨人。戰爭結束，他貧病交加，回到家裡時，又趕上人們把我們的母牛牽走……第二天，又像對待其他人一樣對待我們和我的老爹，把我們廚房裡的東西甚至鞋子統統抄走了，只給我們每人留下一個小缸，還把我老爹遷走了，他死在德國……荒誕作品！不是嗎？巴維爾，我說，你講一講你爹和他的哥們半夜在日什科夫雄鷹體協的體育館裡出的洋相吧！講講他們在屠夫化裝晚會上如何吊著轉圈，在半圓形屋頂下的一張桌子上方飄蕩的吧！……巴維爾，你說說，他們如何因爲吊著轉圈飄蕩時，如果腳碰不到那根圓圈線就得吹一聲小號吧……那天是七月六號，在斯特拉霍夫宮堡裡。跳舞的人抬頭看著他們在上方飄來蕩去，喏，巴維爾，你想不起來了？你瞧，我還記得清楚哩！那第二名吹哨子的叫什畢爾克，我服兵役的時候就是到什畢爾克那裡去上的軍訓。眞是笑死人，他們的腳若碰不到圓圈線，就得吹一聲小號。我全看見了，他們腳一彈回來，又得接著飄蕩……妙極了！巴維爾，後來怎麼啦？你啥也記不得了？他們要是沒飄蕩好，又要吹哨，又要數數，而且還數不對，結果小號撞小號……什畢爾克碰掉你老爹兩顆牙，你老爹只碰掉什畢爾克一顆牙……這可眞是熱鬧極了！巴維爾，可惜，我不在場……」巴維爾開著車讓出一個空間，用指頭在羅泰臉上轉了一下……羅泰笑著，大聲嚷嚷：「巴維爾，別這樣！你這頭闇牛，我可非常怕癢啊！」我微笑著靠在折疊起來的輪椅輪子上漸漸睡去，壓根就聽不見他倆人在講些什麼了……

星期一下午，我正準備去探望我丈夫時，電話鈴響了，我丈夫在電話裡沙啞著嗓子對我說，他已經動完手術，說他已經自己下樓來打電話了，他告訴我說，手術很成功。可是情況有點不一樣：他們把他的膽囊摘除了。我去他那裡時，正趕上他身上裝著一根導管，隨身還掛著一個塑膠袋，管子通到塑膠袋裡，每天往這塑膠袋裡流一公斤膽汁。他還躺在那裡，繼續打著點滴。病房裡有六個病人，有的已經做過手術，可是他們都是取出了小石子，第二天便能吃馬鈴薯泥了，還吃了煮水果。而我丈夫還不能吃東西，三天沒能吃東西，只喝點茶和吃點給兒童吃的蛋黃餅乾。這個塑膠袋，對我丈夫來說簡直是一種侮辱，對他來說還是一種可怕的重擔，就這麼躺在那裡。赫爾金納工程師已經在窗口坐著了。醫院除掉他的膽結石，因爲它已危及他的脾，加重了他的糖尿病。這位工程師把我丈夫嚇唬得夠厲害：當我丈夫動完手術後第一次照鏡子，看到自己這張黃臉時，被這副模樣嚇壞了。他連忙環顧一下四周，看是否有人看見他照鏡子時那副狼狽可憐相……赫爾金納工程師看見了，是從他床邊那窗玻璃上看到的，他說：「太可怕了！

是不是？」我丈夫一直盼望著他尿的顏色能褪掉一點兒，而且每次都抱著它一定會變淺一些的希望，可它卻一如既往總是深得像黑啤酒一樣。當我丈夫逆著光凝視著錐形玻璃量具時，第一個看到他這種目光的，又是赫爾金納工程師。他帶著濃厚的興趣指出說：「慘透了！」當護士們推著餐車送來午飯，或者晚飯，當每個人都能得到一碟馬鈴薯泥，而我丈夫連一口食物都得不到時，赫爾金納工程師又忍不住要說上一句：「這樣心情沒辦法好起來，是不？」

給我丈夫打擊最大的是什多爾克副教授。我丈夫曾在他那個內科部門待過三個星期。手術後第三天，這位什多爾克副教授來到我丈夫躺著的那間外科病房，高興地對我丈夫描述，做手術時他在現場，說他像觀看所有手術一樣親自看著這個手術，是巴拉日教授執刀的。說他們兩人一致認爲，像我丈夫這樣漂亮的紅肝已經好久沒見過了。只是他並不瞭解我丈夫，還以爲他在安慰我丈夫哩。說我丈夫的肝功能在漸漸減弱，所以也不給他吃東西。我丈夫立即爬下床來，下地走動，像帶著公事包一樣帶著那塑膠袋，專心想著怎麼辦後事。連巴拉日教授也來了，這位長得像哈樂德·勞埃德的美男子將眼鏡推到額頭上，他連一條皺紋也沒有，長得教人沒法相信他的年紀。他彎下身來，直視著我丈夫的眼睛對他說：「你自以爲有的病根本就不存在，明白嗎？」

第四天，當我來探望我丈夫時，他在發高燒，已經聽不到我說話了。他過了一個很可怕的上午。因爲剛剛結束培訓的護士們已經做了結業考試，已經換上了新衣裳、戴上了小白帽，本該得到那紅十字徽號了，但是她們還必須在我丈夫躺著的那個部門做一個結業測驗。護士長讓她們搬來桌子椅子，讓她們逐個病床地走著，以展示她們直接與病人接觸方面的知識。後來護士長又從理論上測驗她們。那些坐在長凳上的護士搬來一塊折疊屏風，將護士長的桌子與被考的護士隔離開來……於是，當所有護士都經過考試，當她們已經得到護士長給她們的結業證書時，順便把那屏風圍在我丈夫那張床邊。總而言之就這麼順手一挪，擺放在那裡……等我丈夫一睜開眼睛，看見他床邊圍著一道屏風，像內科病房那些快要咽氣的病人床周圍的屏風，就像姆爾什吉克小說，一開頭就是「請擋上屏風！」……我丈夫整整一個小時被擋在這屏風後面。等到一小時之後，護士們搬走它時，誰也沒來打消他這一念頭：以爲這是圍在快要死去的人周圍的屏風。

接著便是星期天。海德里希先生前來看望我丈夫。他看見我丈夫這麼一副可憐相躺在床上，身上還插著根膽管和帶著個塑膠袋，忍不住流露出由衷的高興。海德里希對我丈夫有點兒眼紅，他總認爲自己是位勝過我丈夫的作家。這位海德里希先生常來我家串門，跟我丈夫沒完沒了地討論文學藝術。他曾經與我丈夫走上好幾百公里穿過齊米茨基小樹林和魔鬼峽谷。這位海德里希先生總是在談自己，他只承認自己而不承認其他作家，他極其驚奇地發現自己是一位偉大的作家。這位海德里希先生簡直讓人想不到地誇讚自己，他如今看到作家中的頭號人物便是他自己，認爲他是捷克散文作家的頂峰，是中歐的大師，是從我丈夫這裡接過權杖而當之無愧的繼承者，因爲我丈夫已經是被毀滅的人了……海德里希先生又說又笑的，蹺著二郎腿，笑得那麼心花怒放，爲他的未來而由衷地喜悅。我丈夫被徹底摧毀了。海德里希先生走了之後，我丈夫發起高燒來，到晚上不得不給他輸氧氣，由於他已超過39度。所有能來的醫生都趕來了，因爲這意外出現的高燒把他們嚇了一跳。

這天晚上教授先生來到我家，對我丈夫說他必須去照X光，然後看情況再說，他說星期六半夜再來看看……我丈夫去透視了肝。他一直盯著天花板，大概是在等待教授先生到來。也許他盯著天花板，是爲了只看到天花板上的東西：乾淨的天花板上爆裂著灰泥塊，像酥油麵糰和酥油卷。他的熟人星期六來看望他，陪他聊天，給他送來水果、啤酒，可是我丈夫從進醫院以來，只吃分發給他的那一份。如今他在外科病房只吃點兒童蛋黃餅乾、喝點茶。其他都不關心，只想著窗旁那張床上赫爾金納工程師講的話……尿仍舊顏色很深，鏡子裡看到的模樣仍舊很可怕，我丈夫刮臉時常常因爲體虛，電動刮臉刀從他手裡掉出來，赫爾金納工程師總是說：「虛弱來自怯懦的靈魂！」

星期六夜裡，我丈夫已經不相信教授還會來時，他卻來了。他走進病房，手裡拿著X光片。把眼鏡推到額頭上，問我丈夫說：「您想一直掛著那個塑膠袋嗎？」他笑了笑。我丈夫忙說：「不，絕不！」教授說：「膽總管還是靈的！」他舉起X光片說：「導管已是多餘的了，肝也起作用了。」他按一下電鈴，遞器械的護士推來一輛小車，遞給他器械，教授彎著腰，縫好插導管的口子，跟我丈夫握手說：「一切都會好的……一切順利，相當好。」也讓我丈夫吃馬鈴薯泥了。他吃馬鈴薯泥時，就因爲能得到馬鈴薯泥而幸福得流下了眼淚……

第二天，我丈夫開始下樓，去食堂，去商店。於是他一瘸一拐走到那裡，給護士們買了最大的一份盒裝糖，以感謝她們的服務，他如今已不需要便盆，已能自己去上廁所……可是這盒糖足足有三公斤半重，我丈夫將它提到二樓，當他正往樓梯上爬時，不愼摔了下來，糖盒子掉到地上，紙包糖塊撒得到處都是。我丈夫仰天躺著，就這麼躺了一會兒……後來將錫紙包的糖塊撿起來，請一位護士替他將這盒糖拿到樓上去送給了護士們……

我來接我丈夫出院的日子到了。他們小心翼翼地將我丈夫送到樓下汽車旁。我丈夫拄著拐杖，儼然像位老者，上車時幾乎像巴維爾那樣費勁。他疲憊不堪地坐在我旁邊，微笑著。我將他帶到克斯科。當我的車子開進我們那片林間空地時，我丈夫想要下車，於是我又得將他拉出來。……他站在車旁的那副樣子，瘦得眞像那裡只是掛著他的衣服。我還去幫他把自行車扛來，他一心想要自行車，等我爲他取來自行車，他一踩車蹬，便離我而去，騎著自行車跑掉了。我將他的東西送回家，鋪好床。我丈夫回來了，騎著自行車繞汽車一圈，又騎走了，又恢復了他原來的樣子：騎車逃離開我，逃離開他自己，逃離開他那肝，逃離開他的癌症，因爲他的肝一直在疼，膽囊已不對它噴射膽汁，膽管只一滴滴地滴著膽汁……後來我又將他沿著樓梯扶到房間裡，接著又沿著梯子上到他的頂棚間、他的小閣樓裡，他便癱在他床上了，彷彿爬過高山峻嶺遠足歸來那麼累……他笑著對我講述著：「他們放我出來的時候，什多爾克副教授對我說：『您已經好了！』我說：『大夫，我可以喝酒嗎？』他對我說：『您要是有胃口，請！這裡有杯白蘭地！』我說：『能喝咖啡嗎？』『護士！』他連忙喊道，『給我們泡杯咖啡！』我說：『皮爾森啤酒能喝嗎？』什多爾克醫師說：『現在，您一出醫院門，就可以上齊舍克酒店或者去黑啤酒廠……您病好了，不過，吃飯的時候您得注意能吃什麼不能吃什麼。也可能會出現這樣的現象，您一喝茶、檸檬和吃麵條，您的膽囊就會疼，可您一往麵包上抹些豬油，再來點兒肥肉，那您會吃得很舒服。』」我丈夫忙問我：「有一小塊抹了豬油的麵包嗎？」可是等他吃完這塊抹了豬油的麵包，便坐下來細聽這塊麵包在他內臟裡有什麼動靜。有個農婦從塞米基騎著自行車來串門，她許多年前就已經動了膽囊手術，她是來給我丈夫傳授經驗的，告訴他該吃什麼不該吃什麼。她爲自己的不幸而哭了起來，說她的手術已經動過好幾年了，是艾麥里赫・波拉克親自替她動手術。說從這時候起除了茶和兒童蛋黃餅乾，別的什麼也不能吃，說她又在寫遺囑。她哭得很傷心，因爲她可憐她的孩子和孫子，主要是可憐她自己……這個本來是來安慰我丈夫的農婦說著說著還爲我丈夫的命運哭起來。我丈夫臉色變得蒼白，他跌跌撞撞走進廁所，跪在那裡將抹豬油的麵包全吐出來……等他從廁所裡出來，滿身大汗淋漓，額頭上又是淚水又是汗水的，還不停地打嗝，他又一次往廁所跑，只聽得他在馬桶前嘔吐哀號的聲音……等他從廁所回來時，那農婦猜測說：「您一定是吃了豬油抹的麵包。」我丈夫點了點頭。農婦哈哈大笑，將手伸給我丈夫，笑著祝賀他說：「如今這裡有我們兩個被判死刑的人了！不是馬上，而是慢慢地、像我媽媽一樣慢慢地餓死……您家裡有死於癌症的？」她抬起眼睛問道，我丈夫承認說：「我爺爺托馬什死於癌症，我舅舅波普也死於癌症。」那農婦歡呼起來：「完了！這是遺傳的！我將常來看望您，您也可來我們家，我們將一塊兒聊聊我們的癌症，我們的痛苦。有兩個人，做伴死起來也許輕鬆一點……最主要的是，有我們這種病的人，得到的回報是都有一雙美麗的眼睛……您的眼睛可眞漂亮！」

成天談論著自己的病，意味著沿著這張嘮叨的嘴重新陷落到病裡。如今，自他從醫院回來之後，他最喜歡談他的病了，他結識在賽米采酒店、小鎭酒家和布拉格所有肝壞了的人、動過手術的人，津津有味地聽人家講身體有什麼不舒服、忌什麼口；還愛聽那些婦女們給他講她們如何如何爲自己而痛哭，因爲她們總認爲很快就會因這肝病而死去。他整天琢磨著他那肝，自己憐惜自己，不知道什麼時候又得回到卡爾拉克醫院去。他還愛聽跟他一樣做過膽囊手術的人傾訴，如何如何在四年之後的今天仍然會難受，如何在吃了抹豬油的麵包、一小塊肥肉之後，馬上就得躺下考慮死後事宜；他還愛聽結了業的護士們講她們親臨目睹的故事；他還愛聽年輕的醫生們不僅給他講，而且給他畫出來，我丈夫沒病時他的膽囊如何將膽汁噴到肝的展開的那一面，說這樣的肝實際上像一床折疊起來的大毯子、床單，在它們上面黏著嚼碎了的食物，而如今，因爲已經沒有膽了，也就停止噴射膽汁，如今這膽汁只是通過膽道一滴滴流出來。

這期間他老是讀《世界文學》裡的類似內容：他心愛的庫珀如何因身患癌症而體重變輕，他又疲憊不堪地與凱薩琳・赫本拍了最後一部電影《午後情愛》。我這位夫君簡直完全融進了布蘭德利先生這個角色。他和庫珀在庫珀死前三個月訪問過歐洲，接著又同他在維愛㊸、威尼托㊹照相，拜見教皇，求他爲其祈神賜福。庫珀後來體重越來越輕，乃至到最後三天一躺不起，帶著一幅銀製的耶穌受難像獨自一人躺著，於是我丈夫也跟著他咽了三天氣，以便到最後眞的死去，正像海明威過早地用獵槍射擊了自己的腦袋那樣，這位作家，本可以好幾次中彈身亡的，既然誰也沒有射中，他便用心愛的獵槍將自己射中。

……我丈夫有一天起床後，好像有點兒不好意思，他已不再去量體重，也不再登記自己的體重又減了多少。當我給他送來加了檸檬的茶時，他連牛角麵包一併拒絕了。要我替他拿來新鮮的大麵包和一罐帶油渣的豬油。他自己抹麵包，還挑了些油渣放到上面。

㊸維愛（Veii），古伊特拉斯坎一市鎮，位於羅馬西北約16公里處。

㊹威尼托（Veneto），意大利北部和東北部大區，一稱威尼斯―歐加內亞，下設威尼斯等七省。

又有人開著車來串門了，是從便門進來的。我丈夫坐在桌子旁吃著夾了豬油和油渣的麵包，當客人膽怯地走進來時，我丈夫便請他吃他自己正在享用的東西。可是客人感到有些失望，他本想來談談膽囊手術、膽管怎麼滴流膽汁的。我坐在桌旁開始繡下一張圖畫，我在挑選繡圖用的彩線，不知不覺第一次地平靜下來。因爲我丈夫在請求客人去給他買肉排來，說他們要一起去普舍羅夫的屠夫那兒買烤豬肉，因爲肝病人最好是吃烤豬肉。……於是他們買來了烤豬肉，當天晚上我還做了炸豬排。我丈夫烤了豬肉，讓它冷卻下來。當時他所有那些曾經多少次那麼樂於談論我丈夫的病的朋友們都愣住了。只見他拿來冷卻的豬肉給大家吃，他自己還喝了啤酒。他向大家道聲抱歉之後便一瘸一拐地走出去，找到我們小木屋牆邊的自行車，一踏腳蹬，便騎著它沿著林間小道揚長而去，一直騎上了縣公路。因爲騎自行車使他呼吸舒暢，這種有節奏的呼吸，主要是能讓他獨自一人逃離一切，使他感到舒暢自在，讓他覺得已不再需要量體重，不再需要抬著手腕細聽脈搏跳動的次數。有一次他騎自行車回來的時候，周身散發著一股茴香味，他在某個小飯館喝了好幾瓶普羅斯傑約夫生啤酒，這個晚上他睡得很香……

在這段身體恢復時期，不管我丈夫騎著自行車從天南地北哪個方向回來，每次進到這座克斯科林中小屋的時候都興高采烈。我也因而感到高興，心想：一定是因爲住在這林子裡、這草地上，走著這林間和田野小路的緣故。可是一個星期之後我才發現，我丈夫身上散發出來的是茴香酒的氣味。後來我還發現，他身上橫七豎八總揣著幾瓶普羅斯傑約夫的生啤酒，不管他去哪兒，從林子裡回來時總是像遊方醉仙般快活無邊。有點像哈夫朗涅克科學院士的生活方式，認爲純燒酒對動過膽囊手術的人是最好不過的偏方良藥。我丈夫便遵循此道了……

甚至有位老中校來找我丈夫，告訴他說已經動過手術一年了，而他現在身體很好，但是以前不好，非常不好，特別是當他忌口的時候，直到有一天他去找他的朋友們，他坐在那裡只喝礦泉水，而他的戰友們都喝伏特加。他暗自說，我那麼蒼白，要是來點伏特加會怎麼樣呢……夜裡他仔細聽著他的肝有沒有問題，可是只聽得他的肝呼呼響著，甚至咿咿呀呀的，這中校的肝竟然希望再來一點兒，再來一點兒……到了下午，當他又開始煩躁、心神不定的時候，便求他老婆說：「孩子他媽，你去給我弄一小瓶伏特加來吧！」然後他慢慢喝掉它。在東方戰線習慣於這樣。在這以前他哪個晚上都睡不好覺，而這一晚終於睡著了，而且感到他的內臟輕鬆了許多，他的肝又開始正常運轉了。於是像在前方戰場上那樣，他每天喝一小瓶伏特加，吃飯的胃口也好了，而且最合他胃口的是抹豬油加油渣的麵包。

……我丈夫就這樣騎著自行車在外面逛。他有一瓶酒藏在弗奧布羅夫采、普舍羅夫後面林子裡的橡樹下，另一瓶一直藏在寧布拉奇卡林中小路旁一間乾草房裡，還有一瓶藏在稻草垛裡，再有一瓶藏在小帽林旁的水渠裡。那是他常愛去的地方，因爲那裡沿易北河有一條美麗的小道；他甚至還藏了一瓶普羅斯傑約夫生啤酒在巴列切克、維萊恩卡後面的小山坡上，那裡是門切伊特墳場，他這瓶酒就放在停棺房的窗子後面。他也喜歡騎車到這個巴列切克來，因爲這裡可以觀看北部的美麗景色，看到賽米茨卡・胡卡，普舍羅夫的白胡卡55。他喜歡躺在這裡欣賞美景，這裡微風吹拂，我丈夫躺在這裡做深呼吸、養精蓄銳，然後好到墳地上去逐個讀一遍所有墓碑上的名字和出生日期。當他得知這裡埋著這麼多比他年輕的人時，便總是伸手抓起停棺房窗子後面那瓶酒，爲所有這些死者的健康而乾杯，然後接著往前騎，或者匆匆往回趕，以便再到克斯科林中某處去喝個夠，再到一個叫鹿耳朵的地方喝掉藏在那個有窟窿的樹裡的一瓶酒，然後回家，以便及時將自己那股興奮勁帶回家來。

55胡卡、白胡卡，爲當地村子名。

這時期，他還跟一位名叫庫茲尼克的老先生交上朋友。這人在諾維盧基的小木屋裡用水果釀果酒、李子酒，他們經常坐在小木屋門前的空坪上。這木屋像契訶夫住過的那種俄式建築，庫茲尼克先生把這小屋裡面弄得亂七八糟。要是他老伴幫他把屋子收拾整齊，那他恐怕什麼也找不著了。他老伴要到週末才來，因爲她還在上班。她替他煮好一個星期的菜，給他寫著：哪個鍋裡的菜在星期一吃，哪個在星期二吃，哪些在星期三、星期四、星期五吃。可是庫茲尼克先生順手摸到放在地窖裡的哪一鍋就吃哪一鍋。我丈夫常去他那裡，因爲在他後面那間小貯藏室裡存有幾十瓶、大約五十瓶封好的燒酒，分別爲最好的頭餾酒、稍差一點的二餾酒，然後有三分之一是末餾酒，從蒸餾器裡滴出的燒酒……那最好的頭餾酒早已被庫茲尼克先生喝光，如今，在他認識我丈夫後，兩人都在用二餾和末餾酒治療他們的肝臟。庫茲尼克讓我丈夫聞一聞打開了瓶塞的酒瓶，以便知道哪一瓶酒還能喝得下去，剩下的仍舊將瓶塞子塞好。他們便喝那些他們覺得很棒的，兩人就這樣治療著他們的肝臟，因爲庫茲尼克先生也跟我丈夫一樣肝不好。最主要的是他們害怕，喝這麼多酒眼睛會不會瞎掉。……到後來只剩了兩瓶，再後來只剩下一瓶，不過連這一瓶也是好的喲，儘管我丈夫跟庫茲尼克先生一模一樣，已經用鼻子鑒定過這一瓶次酒，不過末了，他們把這一瓶也喝乾了……

14

還有，我們住在克斯科時，我丈夫每天晚上都到「小樹林」酒家這個小飯館去和老鄉們一塊兒喝啤酒，遇上冬天，他們還溫上一瓶紅葡萄酒。在這裡我丈夫可就是頭號種子、中歐冠軍，這裡的人都盼著他來。我丈夫不管上哪個酒館，從來沒談過他的寫作，沒談過他怎樣爲寫作而絞盡腦汁的事，沒談過文學，要是有人問到這樣的問題，他一聲不吭，兩眼望著鼻子，玩弄著啤酒杯墊板，還稍微有點臉紅，聳聳肩膀說他不知道該說什麼好，說所有他想要說的，在他書上都說了。可是他在飯館裡愛跟他們聊地裡的活、聊宰豬節、聊老鄉們的生活。到這個「小樹林」酒館的人來自維萊恩卡、哈拉吉什卡，有時還有從賽米采來的人，都是騎自行車，還是第一共和國時期的老牌子舊自行車，輪子總也不壞，已經用了三十年四十年了，肯定還能維持好多年頭。

在這「小樹林」酒家常坐著一個名叫弗朗達·沃列爾的人，他要是離開了這個小酒家恐怕不知道怎麼活。他連中午也要來這裡歇一歇，每個晚上必來，到星期六和星期天他整個下午都在這裡。弗朗達是個很自負的人，他最喜歡坐在爐子旁邊安靜地喝他的啤酒，還要上一杯咖啡。有時他也發發瘋，要喝蘭姆酒、烈酒，無緣無故地跳起舞來，他一躍跳到灶台上，在高高的爐面一直跳到腳板發燙爲止，其實也就是幾分鐘，然後便在桌子上接著跳，跳得不錯，就像穿著民族服裝的莫拉維亞小夥子們跳的那種舞。弗朗達是老闆以及老闆娘的知心朋友。他還愛上了老闆娘，時不時送點小禮物給她。顧客特別多時，他便幫著他們灌酒，滿臉得意的笑容。他總是穿件白襯衫，微笑著給顧客打酒，要是能讓他進廚房，他便更加高興。弗朗達簡直是老闆的一個好顧問，天氣特別冷的時候，他就通宵睡在酒店裡，幫他們生著爐子，敞著通向地窖的門，免得地窖裡的啤酒結凍。

這時期，遇上雪太太時，這位有個漂亮太太的諾瓦克老闆就在飯館裡待著。到了耶誕節，弗朗達便送來一棵聖誕樹，只要老闆或老闆娘需要任何東西，弗朗達便開著自己的車去爲他們辦。當老闆決定把擋在飯館牆壁上的橡樹去掉，弗朗達便把橡樹幹弄到波希昌尼鋸木廠去了；當老闆打定主意要去掉爐灶周圍的粗瓷磚，弗朗達便立即把一切辦妥。最主要的是弗朗達喜歡替人做壽，不僅給他母親做，而且也給他的女兒們、給他自己、給老闆、老闆娘做。於是每個被弗朗達招待過的客人都眞心眞意地用弗朗達讓他們放到桌子上的葡萄酒和烈酒來碰杯。他甚至還爲他們準備了上面有壽星名字的蛋糕。到後來「小樹林」酒館的每位一般顧客和常客都在這裡做壽，招待所有當時來到這家酒館的客人。我每星期來這裡一次，跟這些老鄉們坐在一塊兒很愉快。有時也有從城裡來的度假小木屋的主人，他們是來看看他們的小屋情況怎麼樣，有沒有被盜，而平日只有當地的老鄉到這裡來。他們可會找樂子哩！有時他們提來兩隻野兔，老闆用傳統方法幫他們燒成奶油兔肉，獵人們甚至每月送來一隻鹿。冬天的時候，哈馬切克先生或其他人每個星期總要送來一些宰豬節做的血腸和肝腸。「小樹林」酒館的顧客們、朋友們就這樣坐著，等著冬天過去。我聽到他們非常有技巧但又很有耐心地向我丈夫探聽他將如何慶祝自己的生日。

這時期我仍舊在廢紙回收站繼續將一車車被銷毀的書送進造紙廠，我總是從這些書中拿出幾包來放在一邊。作家們親自來把這幾十本書取走，一再地謝謝我，給我糖果，於是我便結識了又一批被清算的作家。我丈夫在克斯科從來都待不住，在家裡過不了一天，上午就乘公共汽車到布拉格去，拜訪也已停刊的雜誌編輯。我總覺得奇怪的是，我丈夫還結交了一些共產黨員，但他結交的一些黨員，他們在大炮不僅對準作協二層樓，而且對著科學院，後來甚至對著賓卡希啤酒店之後不僅被除名，而且也被解雇離開了編輯部，離開了書記的職位。所有這些共產黨人、我丈夫的朋友們，如今常來我家，我看到的幾乎總是一些很帥的男人，他們都有一雙像我丈夫那樣的眼睛，有些驚恐的樣子，但卻都在微笑，只不過這微笑實際上是被掩藏著的悲戚。他們來要卡雷爾・泰格的書、哲學家費舍爾和艾戈・波恩迪的書，還有維舍堡出版社出版的天主教詩人的書，他們的書也當廢紙處理掉了。我丈夫將書寄給了他們。他們整天坐在賓卡希酒店，早就有座大炮瞄準著這家酒店，目標是瞄準這幫被清算的年輕人。就因爲有他們才在那不幸的八月開來了那些軍隊。於是我邀請了所有這些被清算的作家和編輯，告訴他們一個星期之後是我丈夫的生日，說將於三月二十八日在「小樹林」酒家給他做壽。這天是教師節，從掛曆上看這天正是考門斯基㊻的誕辰。……大家都很高興，沒再流淚。「眞的，這可能嗎？」大家都表示驚訝。他們其中一位說，斯莫爾科夫斯基情況很糟糕，他也被撤職，坐在家裡，誰也不跟他說話，大家都回避他，應該對他表示同情才對……我便說：「讓他也來吧！我丈夫不是往農業報上爲他寫過一篇讚揚的文章嗎，我丈夫會很高興他來

㊻考門斯基（Jan Amos Komenský, 1592-1670），捷克教育家、人文學家、哲學家。是捷克文化史上最偉大的人物之一。

的。他還說過，斯莫爾科夫斯基是維萊恩卡那地方的人，在大戰前，他作爲一名麵包師還去參加過共產黨的會議哩！」

三月二十八日這天馬利斯科先生來了，布熱佳和弟妹也來了。晚上我們一道去到「小樹林」酒家，老闆穿著節日盛裝，老闆娘也一樣，在門口給我獻了一束花，弗朗達給我丈夫捧上一個極大的蛋糕，在蛋糕上用巧克力醬寫了一行字：「祝著名作家」，在用軟糖做的玫瑰花下面又有一行字：「生日快樂」。……從維萊恩卡、哈拉吉什特卡以及賽米采來的老顧客都得到我丈夫的邀請。整個飯館淹沒在鮮花之中，所有的燈光都亮著……然後來了兩輛汽車，被清算的作家、編輯們走進來，我丈夫請他們再往裡走。畫家海洛展開一塊床單，上面寫著「萬歲博胡米爾·赫拉巴爾！著名的拙劣筆桿！」哲學家科西克、前任書記科斯特羅溫也來了，他們一坐下便唱起歌來。老闆和老闆娘斟著燒酒，就著啤酒喝，另一些人要喝葡萄酒，我的丈夫雖然微笑著，但他知道，而且相當明顯地表露出來，他知道這座兩年前對準作協二樓的大炮，現在雖然看不見，但它卻存在著，恰恰現在就停在外面，瞄準著這個「小樹林」酒家。我很高興看到我丈夫嚇得六神無主的那副模樣，但是這有什麼可怕的呢？讓一切跟這門大炮都見鬼去吧！他寫作又犯了哪條罪呢？我喝著啤酒，大家都在歡快地笑著，編輯巴托舍克，這位美男子站在椅子上，大家唱著莫拉維亞歌曲，巴托舍克在指揮……當大門敞開時，前總理斯莫爾科夫斯基先生站在大家面前。……他走了進來，與我丈夫熱烈握手，祝賀他生日。他穿了一套很漂亮的服裝，拄著拐杖來。接著他向其他被清算的作家與編輯問好。老闆與他握過手之後便四處分送炸豬排與馬鈴薯沙拉去了……弗朗達・沃列爾走來跟斯莫爾科夫斯基握手，哈曼切克先生也來了，他一直住在斯莫爾科夫斯基出生的小屋下方隔著好幾所房子的地方……我丈夫已經不靈了，腿也不聽使喚了，他喝得已經開始笑得不自然。所有被清算的人都知道，那座看不見的大炮就在酒館外面。他們還在唱歌，畫家海洛和巴托舍克甚至舉起那塊用床單做的橫幅，站到我丈夫身後，那條標語就在他們頭頂上方：「萬歲博胡米爾・赫拉巴爾！著名的拙劣筆桿！」桌布上放著那個大極了的蛋糕，上面是「祝著名作家生日快樂！」斯莫爾科夫斯基如今和弗朗達以及哈曼切克坐在一起，詢問某某某還住在維萊恩卡什麼地方，還問他們生活得怎麼樣，一切是不是順利，老婆和孩子們是否健康……編輯和作家們站起來跟我丈夫乾杯，一次又一次，一再地祝賀他，因爲大家都知道，準得要出點什麼事情，一定會出事，至於出什麼事，他們不知道，但是他們感覺到大炮在對著這家飯館亮著的窗口，大炮就停在橡樹林子某個暗黑的地方，停在壕溝的那一邊……我不覺得不幸，恰恰相反，我還因爲在「小樹林」酒家的一切跟過去一樣而感到高興，因爲如今我看到我的丈夫在撒謊，他曾經是吹牛說：他說他要說眞話，遵循眞理行事，不惜一切代價。可他對那些曾經爲他們在利本尼作過報告的所有他的朋友們、那些詩人和畫家撒了謊。在想說什麼就可以說的那個時候，當人們喝著一箱箱一罐罐啤酒，吃著那可怕的豬尾巴的時候，我丈夫在大談自由，他認爲實際上一個作家、藝術家的身上沒有什麼可傷害的地方，作家超越凡人之上。他拒絕跟我談這一切。我只不過是他從《聖經》中所讀到的小羊羔：一隻從牠主人的桌子上撿碎渣吃的小羊羔。這對他倒正合適！可是我撿碎渣撿得很好，這我記得淸淸楚楚。現在當我丈夫面對他想像中的大炮和專門因他而來的軍隊嚇得癱成這個樣子！如今我看到了，我在一九四五年雖然失去一切，被關了半年，在磚廠賣苦力，那不是我的錯呀，因爲我當時才十六歲，可是我從來沒崩潰過，我從來不害怕什麼，因爲我有那唯一的防護：「別跟我搗亂！」「別對我胡扯淡！」我失去了別墅、鄉間度假小木屋，失去了工廠和我的爸爸，他就是因爲這一切而死去的……如今我坐在「小樹林」酒家喝著酒，望著所有這些被淸算的人，他們感覺無罪可又帶著些恐懼，所以才這樣笑，所以才這樣吃、喝，所以才使勁地唱歌，而我卻是平靜的，我從來沒有像現在這樣平靜過。我把他們邀請來，但他們彼此不知道，我把他們請到這林中的小酒館裡，就像克莉絲蒂的那些人物，後來讓人一個一個地被謀殺掉了……

斯莫爾科夫斯基先生環顧一下大家，但他看見了這一切，便用他那銀拐杖頂著下巴站起身來，對我丈夫說，謝謝他，但他有病，該回家了。他跟鄉親們握握手，對其他後面的人做了個握手的姿勢，便一拐一拐朝外走，由前書記斯拉維克陪伴著他……巴托舍克和畫家海洛也跟在斯莫爾科夫斯基先生後面走出去，向他揮動著杆上挂著的那塊床單。我也跟了出去……可是這時已從普拉麥內林蔭道上開來一輛小轎車，從公路上也開來一輛車，燈光一照，三輛伏爾加，正朝「小樹林」酒家拐過來。這幾輛車的車門一開，跳下來幾個穿皮革外套的員警，一個薩茨卡區的警長，還有幾個便衣。還有幾輛頂上扣著若干個紫色圓東西的布拉格車。員警跑進「小樹林」酒家，鑽進廚房裡……穿著皮革服裝的員警們堵住了所有的門，皮衣口袋裡揣著半截露在外面的手槍……兩名警察圍在斯莫爾科夫斯基先生坐著的汽車外面……那個顯然是這次整個行動的頭頭的大個子站在飯館正中央說：「沒事，沒事！只是履行公務！檢查公民證！警長同志，請吧！」警長從一個人走到另一個人跟前。一片靜寂，笑容變僵……我覺得，我丈夫正慢慢癱軟……身穿制服、頭上抹著潤髮油的警長靜默地檢查著公民證，詢問著姓名和出生年月日，並往公務本上寫著東西……外面的兩個員警開心地將寫著「萬歲博胡米爾・赫拉巴爾！著名的拙劣筆桿！」的床單捲起來，拿到「小樹林」酒家交給警長，並說：「斯莫爾科夫斯基受到帶煽動性的標語牌歡迎。」警長的下巴抽動一下說：「作爲證物帶走。」我站在外面的昏暗中，通過敞開的門看到這一整群被清算者。我本可以走掉的，可我丈夫坐在那裡像得了梗塞病似的。我丈夫每次總是有點害怕，大概唯一只有黨衛軍把他抓到火車頭上那一次，他老愛對我講這一段故事，說他們如何如何想槍斃他，然後將他扔到壕溝裡，只有唯一那次，我丈夫怕得跟這次員警執行公務檢查公民證一樣厲害。我卻在公共汽車上、電車上經歷過好多次這樣的檢查，沒什麼大不了的事，因爲大家只不過到這裡來消遣消遣而已。就像在克莉絲蒂偵探小說裡的情節……我覺得，唯有馬利斯科愛理不理的，只有他一個人對「你叫什麼名字？」回答了一聲：「那上面寫著呢！」警長又問一句：「你叫什麼名字？」馬利斯科說：「您要是不識字，那就讓另一位替您念一下！」警長撇了一下嘴，點點頭，默默地往他的本子上記下別的人都乖乖地說出的名字。……然後警長走出酒館，對著汽車彎下身去，斯拉維克和他太太將公民證交給了他，儘管那上面寫得清清楚楚，他們仍舊回答了警長的問話。然後那警長又問，後邊座位上坐的是誰，斯拉維克說：「是斯莫爾科夫斯基，前任總理。」警長兩個鞋跟喀咚一聲靠在一起，看了一下斯莫爾科夫斯基的臉說：「斯莫爾科夫斯基同志，您不需要拿公民證了，在農業部時我還曾經在您手下服過務哩！您的車子可以走了。」我又走進了「小樹林」酒家，可是誰也沒問我要看什麼。我本來希望將公民證拿給他們看，像馬利斯科那樣回答他們的問題，可是誰也沒對我的公民證表示過興趣……

隨後警長發令，穿皮革外衣的幾個人又巡視了一遍廚房，一直到走廊那邊，聽得見他們如何走到地窖裡，然後大家都走了出去，跳上汽車，伏爾加開動了……生日盛會就此結束……

後來有一天，正趕上下大雨，卡車運來三車《花蕾》，雨水打在這些《花蕾》上，我站在磅秤旁邊，看到那些包裹，每個包裹上面都有我丈夫的名字，我磅完秤寫了三張貨單，注上重量，送往何處：一輛卡車去霍列肖夫，另外兩輛去什捷吉的造紙廠。雨下得很大，我打電話叫我丈夫來。他坐輛小貨車來了。他站在大雨中，我穿著辦公室的工作外套站在裝車站台上。大家都看到我丈夫在雨中那副疲憊不堪的樣子，連已經走出了門的回收站主任寧可又走回來，第二輛卡車上那個職工也從《花蕾》包裹堆上下來，站在大雨中，望著我的這位國家獎得主，他已全身溼透，就像掉進河裡。那職員聳聳肩膀說：「我沒有辦法，要是行得通，我願意把整個這一卡車《花蕾》都給您。」我連忙說：「我們給他一包吧！」

還在下午，鐵路工人和鐵路上的助理工們便在萊特納的各個小飯館裡消磨，他們提著滿滿一皮包從火車車廂裡偷來的《花蕾》，跟飯館裡的顧客們一本換四大杯皮爾森啤酒，折合二十克朗。我丈夫在萊特納的弗爾曼卡飯館用四大杯啤酒換了十本《花蕾》。

月底我們還去了一趟莫拉維亞。坐小汽車去的，快到布爾諾時遇上檢查汽車。當員警將我丈夫的公民證拿到手上時，無緣無故地躬一下腰說：「怎麼樣，赫拉巴爾先生，您是來找《花蕾》的嗎？」「不——！」我丈夫說，「來探望的。」可是那員警大笑著將公民證、駕駛證、技術證還給他說：「得了吧！您肯定是來取《花蕾》的，我也有這本書……在霍列肖夫他們偷走了一車廂，在布爾諾到處都是《花蕾》。」……

我的寶兒爺懇求我穿上那套最漂亮的衣服，說我會德語，要帶我到松鴉飯館去。只是求我意識到我將給我們家庭增光。……於是我換了衣服，化了點妝，便到松鴉飯館去了。這裡喧鬧得我們彼此之間不得不大聲嚷嚷。我丈夫搓搓手，讓我在一張桌面上豎著「預訂」牌子的桌邊坐下，然後看了一下屋角落。那裡有一位有著一頭漂亮鬈髮的很帥的老先生在向我們招手示意,他一人坐在鏡子旁,桌上也有一張他正拿在手上玩耍的「預訂」牌子。我丈夫前去向他問好，從言行舉止看他儼然是一位文雅的紳士，跟我的那個荒野鄉巴佬完全不一樣。隨即出現了桌子之間的交談，我丈夫跟這位老先生交談時，他扯著嗓子對著老先生的耳朵喊……等我的寶兒爺回到我這兒時，我們這裡已經擺上了啤酒，是雅魯什卡送來的，我認識她，她在這裡已經當了十五年招待員……她對我丈夫笑一笑，他便微微臉紅了。每當漂亮女人看他一眼，他就臉紅，這是我丈夫的一大特點。「你們將吃點什麼，親愛的？」她問道。我丈夫說，等他叫她的時候，請把已經預訂好了的大盤瑞典飯菜端來……然後我丈夫一邊越過顧客望著存衣室的大門，一邊對我說：「那位很帥的先生是翻譯家什傑斯特尼，他把整個的……喏，一位美國作家，他媽的，如今我又忘了他的名字，可你知道，戰前來過這裡的一位作家是誰來著？考德威爾[57]，這位作家什傑斯特尼也翻譯了。」然後我丈夫又對著我的耳朵喊道，海明威在一九三八年也來過這裡，在九月份的幾天裡。可是他只陪海明威逛了兩天街，海明威遊覽了一下說，他不會在這裡戰鬥的……於是離開這兒回去了……「你再瞧瞧他，什傑斯特尼在十七歲的時候是個無政府主義者，槍殺了總理之後逃到美國去了，後來……他們來了！」我丈夫連忙起身，朝一位面容疲倦的先生迎去。他的太太倒是步履輕盈……互相問好之後，我丈夫將我介紹給他們。他的朋友們便坐下了。原來是亨利希·伯爾和他的妻子。

[57] 考德威爾（Erskine Caldwell, 1903-1987），美國作家。他的小說直言不諱，描寫美國南部的貧民生活。代表作有：《煙草路》、《上帝的小塊土地》、《七月的風波》等。

他們從莫斯科飛來。在那裡當筆會主席的伯爾與在莫斯科的僑民和機構討論了財務方面的問題……雅魯什卡端來四杯啤酒，伯爾先生憂傷地看一眼這玻璃杯，我立即從他那雙美麗和深沉的眼睛看出，他太太大概是怎樣爲他操著心，因爲她這位夫君的肝大概也不好……我丈夫舉起酒杯，喊得我們全桌都能聽見，「爲健康而乾杯！」並補充祝賀伯爾獲得諾貝爾文學獎。我們喝著啤酒，我丈夫已經是第二杯了，伯爾先生只喝了一點點，立即從口袋裡掏出一個折好的白紙包，將它打開，一抬頭，將白色藥粉撒到嘴裡，隨即拍去掉在大衣上的一點點藥粉，然後說：「親愛的，我在這裡只有半小時的時間，然後還要跟其他作家會面。好啦！親愛的博胡米爾，您寫作順利嗎？有寫作空間嗎？您沒有什麼要抱怨的？我在這裡是出差，以筆會主席的身份。」我丈夫對著伯爾的耳朵喊道：「我可以抱怨，可是我不抱怨，因爲這是白費勁，我如今屬於被清算的作家之列……我還是在寫作。我想要什麼？我的奢望是有話能直說，不拐彎抹角……您聽得清嗎？」伯爾嚷道：「我聽得清。儘管這裡很嘈雜。您不想抱怨，可是別的人呢？好幾百作家不能寫作，他們不抗議？」我丈夫嚷嚷道：「我現在自己抗議自己，至今還沒寫出一部長篇小說來……再又，普羅米修士必須去盜火，這是誰也不會給我的。」伯爾還是堅持他原來開始了的話題：「可是這裡不出文學雜誌，連科學雜誌、評論雜誌也不出，你們，出嗎？」「不出。」我丈夫大聲喊著，在松鴉飯館都是這麼喊著對話的。「不出版。我如今的奢望是繼續寫了放進抽屜裡。」他從雅魯什卡端來的大盤子裡夾著菜到伯爾和他夫人的碟子裡……伯爾夫人吃得很合胃口，我也一樣，只是伯爾僅僅嘗了兩小口燻肉，啜了幾乎讓人感覺不出來的一小口啤酒。伯爾太太喝夠了之後接著跟我聊家常：「您知道，親愛的太太，我丈夫已經不允許喝酒，因爲他已經喝了成十貯水箱的威士卡了，他的肝在變硬，他要是離開藥恐怕都活不到去斯德哥爾摩領獎的那一天。」而伯爾在接著講他的：「那麼說您的確沒什麼要訴說的？」我已經忍不住了。便說：「伯爾先生，不是那麼回事！把他的兩本書當做廢紙處理了，不出版他的作品。他生日那天，警察包圍了林子裡的一個飯館！怎麼說沒事呢？」我丈夫笑笑，塞滿一嘴的燻肉，總想搪塞了事。「是有事，不過在這裡，在這國土上，對我來說等於做了廣告……我一直很紅，您自己也知道，連西方也在寫我……是吧？《林中的驚喜》，我生日那天，還從法國寄來了剪報……喏，我將在這裡嘗遍各種滋味，我已經比較實際了。……再說，有句俗話叫『家裡煮熟什麼，就在家裡吃掉什麼』。您自己也知道。再就是：『羅馬帝國已被征服，只得將藝術帶到鄉下。』㊽

㊽摘自羅馬詩人賀拉蒂烏斯語。

誰想抗議，就讓他抗議去吧，可我，不能抱怨什麼……即使要這樣做，也只能在洗手間的第五個水龍頭那裡。」我丈夫求我把最後一句翻譯出來……可是伯爾先生看一下表，驚慌地說：「我們得走啦！」他說，「有人在阿爾克龍等我。」我丈夫問他：「這啤酒您不再喝了？」他指了指那杯幾乎還是滿杯的啤酒。諾貝爾文學獎的得主伯爾只啜了一點點。他說：「不喝了。」重又從口袋裡掏出一個小白紙包，打開之後將藥粉倒進嘴裡，然後用兩隻手拍掉身上的粉末，非常可親地望了我丈夫一眼。這時我爲我丈夫這饞勁感到不好意思，摟著他的肩膀親了他一口。「我親愛的博胡米爾，您是一個正直誠實的人。」我丈夫激動得端起伯爾的啤酒，一飲而盡。告別的時候，伯爾太太將手伸給我丈夫，他握著她的手，用他那啤酒浸得溼乎乎的嘴巴親了她一下。我丈夫然後將客人們送到飯館門前。回來的時候得意地告訴我說：「現在我想起來了，什傑斯特尼把他全部作品翻譯過來的美國作家叫什麼名字：傑克．倫敦！在我們這個大家庭裡至少有一個有文化修養的人，這種感覺眞好！」我丈夫的喊聲蓋過這飯館裡所有的聲音。我也吼了一句：「酒燒的！」只是這一片刻大家都鴉雀無聲，我的聲音像一面大旗把煙霧和談話劈成兩半，大家都朝我們這張桌子轉過身來，望著我們。我的寶兒爺又成了頂尖人物、世界獨一無二……他左手端起一杯啤酒，急匆匆地喝掉這第五大杯，好像剛在喝第一杯，同時伸著右手以保持身體平衡。

15

我像得到救生圈一樣地得了建房所的通知，說在索科爾尼基的新住宅已快有了，說我們很快就能得到鑰匙以及將房子轉到我們名下。我已預付了好幾年款項的那間房子是在一座高樓裡面，它一年前還只存在於工程師網裡。這一天我們與其他房子的主人們等在這十三層樓前，輪到我們時，辦事員們跟我們來到第六層樓上，打開了37號的大門，祝我們在這間房子裡有個美滿的未來，便又帶著其他屋主到其他的房子去了。……我們有了新住宅！我們慢慢走進去，陽光充足，這時我丈夫穿過廚房到了臥室，在露天陽台上可以俯瞰布拉格景色。我簡直對浴室的美看的目不轉睛，在利本尼時我只能在盆裡或在洗衣房裡洗澡，如今我眞是驚喜不已，甚至在馬桶上坐了一會兒，廁所裡很暖和、不進風，更沒有穿堂風，這是在高樓住宅裡最棒的一點。等浴室和廁所，我都足足等了十五年啊！……我一扭水龍頭，熱水！再一扭，冷水！我將浴盆灌滿水，專心聽著往浴盆裡放水的聲音，我低頭去感受那從水面冒出來的空氣。過了這麼多年如今我是多麼地幸福啊！因爲我一直夢想在住宅裡有我自己的廁所和浴室……然後我們計畫著、規畫著在哪個地方擺什麼傢俱。廚房有十六平方公尺，臥室共有兩間，一間爲十一平方公尺，另一間只有八平方公尺……然後我們下樓去到利本尼。我丈夫曾在這裡說過、喊過說永遠不搬家。要是他沒動手術，也可能就留在這裡，留在這永恒的堤壩巷的住宅裡了。可我丈夫因動手術而變得虛弱了，最主要的是因爲喝酒、因爲和庫茲尼克先生一塊喝酒而變得體弱了，乃至居然同意說，住到索科爾尼基對他來說會不錯的。

於是我們把鑰匙交給房東。我們最後一次地站在院子裡，含著眼淚環顧了一下，在這半小時內，我們在這永恆的堤壩巷的全部生活都掠過我的腦海：所有那些家庭聚會、所有那些痛飲、所有常來我家的人全部浮現在我眼前。我還看到了自己：下雪天，穿著白睡衣走過院子去上廁所；我看到了我丈夫，如何在屋頂上寫作，如何用指頭在打字機上敲打鍵盤；我看到，我丈夫喝醉酒起不來都在什麼地方躺過；我打開洗衣房的門，仍舊是那台瑞典洗衣機，我曾經有一次在這裡洗了我所有的床上用品；我看到，我和丈夫爲了追逐陽光如何在這院子裡來回挪動地方，當太陽已經跨過這院子，連我也爬到屋頂上，在傾斜的柏油屋簷上曬太陽；我看到這過道仍舊滿是快要剝落的潮溼灰泥塊，我丈夫每次從酒館回來，總是跌跌撞撞兩隻袖子都在這過道上磨得很髒……我還看到我們家的那隻貓亞當如何在等著我們，如何躥過那有柵欄的小窗子跳向我們，牠又是如何地愛著我們，就像我們也愛著牠那偉大的貓的靈性一樣；我看見了那株爬山虎，它仍舊像我丈夫將它固定在牆上的那樣延伸著；我還看到博烏德尼克給我丈夫做的那個面具仍然掛在爬山虎那兒……我站在那裡，這些我曾以爲已經隱沒，既然已成過去，自然已經消失的一幅幅畫面使我著迷。如今我站在院子裡，連眼睛都不眨一下便能講述出我的那段生活：從我第一次進來，晚上透過窗口看見一個正在刷洗地板的人，他後來成了我丈夫。我看到自己、一個本來想要自殺的人，自從有了我這位丈夫，讓我沒有時間去想這件事情，因爲這些年來讓我忙得顧不上生他的氣、發他的火，都忘了要生個什麼孩子，因爲我的丈夫，他不只算是一個孩子，而是讓我忙得如同侍候好幾個從智啓智學校出來的精神錯亂的孩子……我聳聳肩膀，又有什麼辦法呢？我含著眼淚走下樓梯，最後一次被過道牆壁上快要剝落的灰泥塊弄髒了我的袖子……

一九八五年十月，十一月，十二月。

譯後記

古人說：「人生七十古來稀。」又說：「三十而立，四十而不惑，五十而知天命，六十而耳順，七十而從心所欲。」意思是說，能活到七十歲的人已不多見，到了這把年紀，該活得自如隨意些，即所謂頤養天年了。而赫拉巴爾這位捷克當代文學的曠世奇才，雖然書已出了不少，改編成電影、戲劇的也有多部，回憶錄已寫過三本⑲，且接連獲得國內外多次各類文學藝術獎項和榮譽稱號，但他在古稀之年不服老地說：「我還要寫一本一方面讓自己開心，一方面使讀者生一點點氣的書。」於是除了完成其他寫作及參加社會活動之外，他寫出了讀者諸君現在手上的這套洋洋數十萬字的傳記體三部曲：《婚

---

⑲指赫拉巴爾回憶錄三部曲：《一縷秀髮》、《憂鬱美》和《哈樂根的數百萬》。

禮瘋狂》（一九八四年二月完稿）、《漂浮的打字機》（寫於一九八四年十一月至一九八五年二月）和《遮住眼睛的貓》（寫於一九八五年十月至十二月）。

雖然在「赫拉巴爾精品集」的總序即「赫拉巴爾和他的作品」一文中，已有不少篇幅談到他寫這套傳記體三部曲的最初緣由，別出心裁地要用他妻子即書中的碧朴莎的眼睛來看他、用他妻子的嘴巴來講他，並聯繫他的朋友和生活來抖漏他從思想靈魂至生活細節中的各種毛病、癖好、惡習甚至醜事。可我們在譯完他這套三部曲之後來寫這篇譯後記時，還是忍不住要重複提到以上這一點，因爲這實在是件太不平常、太不容易的事情，就像他所說的「寫一本詆毀自己的書」，「不僅需要勇氣，而且需要有張厚臉皮」。可赫拉巴爾恰恰是個生性靦腆、膽怯、動不動就害羞臉紅的人啊！他何必在七十高齡還要讓自己受這份罪呢？誠然，這是一位眞誠的、無所畏懼的勇士的本性表現，也是他對自古以來名人自傳回憶錄那種多爲揚美不揚醜的寫法的一種逆反舉動。到目前爲止，像他這樣的「自傳」恐怕絕無僅有。

《婚禮瘋狂》是傳記體三部曲的第一部，描寫赫拉巴爾與艾麗什卡從偶然相遇、戀愛到舉辦婚宴（一九五六年）這段時期的故事。這個時期，納粹德國戰敗，第二次世界大戰早已結束，被淪爲「保護國」的捷克、莫拉維亞和斯洛伐克獲得解放，以前劃給德國的蘇台德地區歸還捷克，住在該地區的德籍居民被遣返德國，他們的不動產被沒收，捷、德之間新的民族矛盾抬頭，戰爭帶來的傷殘尚未撫平，國有化又帶來一些新問題，舊規矩遭破壞，新秩序還相當混亂。當時的赫拉巴爾雖已擁有博士學銜，但他自願捨棄小康之家的大少爺生活到大城市謀生，幹的是重體力活，住的是貧民大雜院，工錢菲薄勉強糊口。雖然工作髒苦勞累，但圖個自食其力、自由自在、自得其樂。艾麗什卡則是蘇台德地區的名門閨秀，被隻身留在捷克，大小姐罹難兼受騙，輕生未成，寄宿在負心的未婚夫的母親那裡，報不上布拉格戶口，領不到就業證，在大飯店裡打黑工當廚房的出納，飽受油煙熏熬之苦，下班回去還得聽大媽嘮叨數落，是一個漂泊倒楣，而又倔強漂亮的「灰姑娘」。

兩人邂逅相遇之後，在約會接觸中，他帶她去游泳、郊遊、拜訪……幫助她在大自然的懷抱和人群欣羨的目光中，走出個人不幸生活的陰影，找回自我，恢復生活的信念。爲此，她千言萬語彙成了「謝謝你呀！」無限感慨的四個字。而最爲打動艾麗什卡心的是赫拉巴爾驚人的坦蕩眞誠，連她自己也說，他對她從不掩飾，甚至儘量讓她看到他不好的一面。連赫拉巴爾的母親也對這位未來的兒媳婦一個勁兒地數落兒子小時候的種種怪癖及缺點，還再三提醒她說：「姑娘，跟我這寶貝兒子在一起可沒有你的輕鬆日子過啊！」赫拉巴爾和他家人的眞誠樸實，無形中與她從前的負心郎伊爾卡那個家形成了鮮明強烈的對比。整部《婚禮瘋狂》突出了一個「眞」字。赫拉巴爾從小熱愛水、火、太陽、星星、花草樹木、小貓小狗，是個大自然之子，喜歡無拘無束、自由自在、眞實純樸。他們戀愛的基礎也是個「眞」字，不掩飾、不討好、不做戲、眞情實意、合情合理、心心相印、自然結合。

赫拉巴爾說：「這是部寫給姑娘們看的愛情小說。」是有這麼一點味道。與第二部、第三部比，第一部的風格也較爲抒情、雅氣、粗話不多，正在戀愛中的碧朴莎也還沒到毫不留情揭老底的那份兒上，但也不同於一般的言情小說那麼卿卿我我纏纏綿綿。通篇不乏「巴比代爾」式的滑稽可笑的場面，連他們的婚禮也不例外，像是一場鬧劇，然而卻又是一部笑裡含淚、眞切感人的嚴肅劇。

三部曲的第二部《漂浮的打字機》，描寫婚後到赫拉巴爾的處女作《底層的珍珠》（一九六三年）問世之前的那段生活。在譯完這部寫作風格特殊、沒有一個標點符號的「天書」之後，我們覺得《漂浮的打字機》不是傳統意義上的簡單自傳，而是一部多聲部的傳記體複調小說。首先，赫拉巴爾描述了他們兩人的婚後生活。他和艾麗什卡前後雖然都遭受過無理辭退等生活折磨，但「透過鑽石孔眼」來看他們婚後的生活還是美的、幸福的。

除此之外，他還描繪了形形色色數十位底層人物的辛酸經歷：窮得住在地下室的畫家沃拉吉米爾和依爾卡；貧病交加的歌唱家——米拉達的哥哥以及他們那一夥食不果腹的巡迴劇團演員；癆病纏身累得婚後半年就一命歸天的墓碑石匠；靠打短工賺點吃喝、死後無人知曉的貝比切克；人還沒死就已將自己賣給了醫學院等著人家來解剖他心臟的砌爐工；靠撿避孕套洗淨再賣以掙錢餬口的老婦……都是一些「被拋棄在垃圾堆上的」、「第四等級的人」。看到這麼多生動人物躍然紙上，我們不禁要說，彷彿讀到了《底層的珍珠》的一本續集。在所有這些人物當中，赫拉巴爾對沃拉吉米爾寫得最多，用的篇幅最長。他們曾一起在鋼鐵廠幹活，一起住在堤壩巷24號半年，一起下小酒館，一起談各自當「世界冠軍」的宏願；後來不住一起時，沃拉吉米爾經常來找他，兩人見面少不了有些耍嘴皮子的摩擦，赫拉巴爾經常用話刺激他，勸他不要酗酒、不要盲目自滿。有一次他們與艾麗什卡一起郊遊時，沃拉吉米爾逞能表現自己，當他把兩位已不在人世的藝術家當做活人來問候遙祝他們健康時，赫拉巴爾毫不客氣地指出他的無知，並趁機用一句「我們也要爲自己過早死去而負責」來教訓他，要他抓緊有生之年創作出他心目中的好作品來，表達了赫拉巴爾對他那現代行動美術的理解、期待和催生的迫切心情，確實也有點恨鐵不成鋼的情緒。

無獨有偶，詩人柯拉什之於赫拉巴爾，可謂伯樂之於駿馬。柯拉什賞識他的才華，長時期地關照他，給他創造了擺脫繁重體力勞動，半天工作、半天寫作的條件，小心翼翼地啓發他快出作品，而又勸人不要去逼他。但赫拉巴爾卻還在游離於小飯店小酒館之間，把上酒館比做如同上教堂；又似乎沉迷於在劇院拉布幕、扮演配角與小丑，四十多歲了還沒出過一本書。柯拉什著急地說，有的人到這個年齡不僅出了書，而且成名甚至死去了，對他眞有點恨鐵不成鋼無可奈何的情緒。其實，赫拉巴爾不是不想寫，正如他所說的，一跟劇團去外地演出，打字機不在身邊時，便偏偏特別想要寫作。然而，孰不知他另有苦衷：不能按自己的意願來寫，按出版社編輯的要求寫出的東西又不中出版社頭頭之意被其打入冷宮並撤銷出書合同，還因寫作而被廢紙回收站的官僚找麻煩丟了飯碗，才到劇院來當了布景工。面對熱心支持他寫作的柯拉什和表示只要他寫作，可不必去上班由她來養活的妻子，他是何等地有苦難言啊！

在三部曲裡，後來進一步完善，發展成爲《過於喧囂的孤獨》中的主人公、廢紙回收站最底層地下室的打包工漢嘉露過三次面，每次都發表一通「巴比代爾」式的宏論，把借古喻今、布拉格式的嘲諷、反話、潛臺詞發揮得淋漓盡致。他那些關於查理四世的業績，瓦茨拉夫四世的揮霍無度，以及法國路易十六皇帝全家及皇親國戚們的滅頂之災等貌似瘋癲的奇談怪論，使人不得不久久回味、掩卷深思，乃至拍案叫絕。

在這部《漂浮的打字機》裡，除眾多人物外，赫拉巴爾還描繪了生活中遇到的許多場景、畫面，例如孩子們在公園裡逼眞地玩著彼此射擊和集中營的遊戲；兒童的雙輪滑板車賽和老年人的滑雪比賽；克爾諾什山區的變遷；搗毀猶太教堂與墳墓的景象……這些從表面上看只是隨便遇到、信手寫來的故事，卻引出了作者一連串的深切思慮、憤懣、感歎和悲泣。從孩子們的遊戲中他看到希特勒的暴行與戰爭殘殺場景在無辜的孩子們身上的重演，而大人們卻熟視無睹；從兒童及老人們的比賽中，他看到健身強國的體育運動一旦與名利爭奪掛上鉤，奧林匹克的精神便會黯然失色；從克爾諾什山區的變遷，他看到了原本存在於這裡的德意志民族優美的民風民俗喪失殆盡，從而引發了他「以一口牙還一顆牙」的大段感慨。他先談到納粹德國法西斯使歐洲兩千多萬人在戰爭中喪命、六百萬人被集中營毒死，幾乎每個家庭都有本血淚史，對艾麗什卡這位蘇台德區的德族女子無形中是一場極具說服力的教育；緊接著又談到在當地有兩名德軍俘虜被捷克人逼迫他們互相交替砍殺斷肢致死。艾麗什卡聽得頭暈噁心起來。赫拉巴爾從骨子裡不僅痛恨法西斯的殘暴，也明顯地反對「以牙還牙」的惡性循環報復，他的憂心顯而易見，如果兩個民族這樣無休止地報復仇殺下去，任何時候都不會有了結之日。

　　關於搗毀猶太教堂、剷除猶太墓群的描述，語氣平和卻讓人震驚。在希特勒納粹法西斯對猶太人無比兇殘的迫害，要殺其族、滅其種之後，人們理應對受害最深的猶太民族給予深深的同情與慰撫。可是竟然有人指使對猶太教堂蠻橫搗毀，對猶太墓群剷除填平！赫拉巴爾將這種摧毀其文化、消滅其痕跡的劣行披露出來，從某種意義上說，簡直可看成《過於喧囂的孤獨》的姊妹篇。赫拉巴爾對於自己奉命親自參與搗毀教堂和袖手旁觀塡平墓群的浩大工程的負罪心情，與《孤獨》中的漢嘉由於無力挽救人類文化被摧殘，伸出合併的雙手請求員警給自己戴上手銬的無限自責，如此相通。

在這部《漂浮的打字機》裡，赫拉巴爾在見證許多次大小事件之後，曾一再感歎「要過一種新生活也眞不容易啊！」我們無疑會去想，爲什麼作者將這本書取名《新生活》（原名），並在開篇時講了那段「導言」。赫拉巴爾也多次點題，想必讀者朋友從字裡行間已有所意會。就讓我們將它留做繼續揣摩交流的一個話題吧。

第三部《遮住眼睛的貓》，寫的是從他的第一本書問世到他的《花蕾》遭禁銷毀，他們搬出堤壩巷24號這段時期。實際上是赫拉巴爾文學生涯中兩個截然相反的時期：一是他能夠大量出書、得獎、大紅大紫最爲風光的時期；一是他被禁出書、受迫害、最倒楣、移居林中小屋時期。

在第一個時期，他可謂時來運轉、大器晚成，能出書了，且受到廣大讀者如此強烈的反響，他當然高興，但他絲毫沒有一點兒功成名就可以躺下睡大覺的感覺，他感到惶恐不安，不知是否做了現實所希望和需要的，不知是否觸犯普通人的胃口和公眾輿論。他以老子的「和其光，同其塵」的思想爲準繩保持謙虛的品德；他「甘當微不足道者，甘當孺子」、「不斷去追求下一個新的認識」、「總要超越自己，冒犯那些常規俗套，像普羅米修士一樣冒著生命危險去盜火」。在生活上，他沒有因爲有大把稿費而變得揮霍起來，仍然過著提水洗澡、過院子上廁所的大雜院的平民生活，以自己是普通老百姓中的一員而感到自豪。

而在第二個時期，「福兮禍所伏」，禍從天降，蘇聯軍隊飛機坦克入侵占領，倒楣事接踵而來，先是內務部特務找上門來，繼而被召去秘密審訊他與所謂「叛國份子」談過話的關係，使他整天在驚恐中度日，擔心會有人來把他帶走、審判、坐大牢，加上親人相繼去世，作家協會解散，他被清算，作爲一位國家獎得主落到個連領取身分證都遭到百般刁難，過一次生日聚會竟遭到員警如臨大敵般地盤問、驅散的地步。在這種惡劣的情況下，赫拉巴爾沒有倒下、沒有消沉，他以前所未有的堅韌精神、激情與高速度，寫出了他一生中最具生命力的頂峰傑作，不愧爲二十世紀劃時代的捷克文壇奇才，成爲繼《好兵帥克》作者哈謝克之後，最受廣大人民群眾歡迎與愛戴的、被壓迫與被淩辱的底層草民的貼心人和代言人。他是捷克人民的驕傲，是一位讓我們爲之肅然起敬的大寫的「人」。

譯者　于二〇〇三年夏

國家圖書館出版品預行編目資料

遮住眼睛的貓 / 赫拉巴爾（Bohumil Hrabal）著 ;
劉星燦, 勞白譯. -- 初版. -- 臺北市 :
大塊文 化, 2008.02
面 ; 公分. -- (to ; 55)
譯自 : Proluky
ISBN 978-986-213-036-0（平裝）

882.457 97000172

LOCUS

LOCUS

LOCUS

LOCUS